KB209797

MODERN FANTASY STORY

텀블러 현대판타지 장편소설

투자의 신
鬼

투자의 귀신 제1권

초판 1쇄 인쇄일 | 2025년 01월 01일
초판 1쇄 발행일 | 2025년 01월 08일

지은이 | 텀블러
발행인 | 조승진

편집기획팀 | 이기일, 김정환
출판제작팀 | 이상민

펴낸곳 데이즈엔터(주)
주소 | (07551) 서울, 강서구 양천로 570, NH서울축산농협 NH서울타워 19층(등촌동)
전화 | 02-2013-5665(代) | **FAX** 032-3479-9872
등록번호 | 제 2023-000050호
홈페이지 | www.daysenter.com
E-mail | alldays1@daysenter.com

ISBN 979-11-7309-575-7
ISBN 979-11-7309-573-3 (세트)

※잘못된 책은 본사나 구입처에서 교환하여 드립니다.
※저자와의 합의하에 인지를 붙이지 않습니다.

INVESTMENT

VISION

The Legend of the
private equity fund

텀블러 현대판타지 장편소설

HISTORY

재벌의 탄생
남서울 신흥재벌

건강이 곧 재산이다
트레이너 철금강과 함께하는 헬스레이드

자본주의 고인물에게 배우는 실전투자

후계자를 키우는 방법
떡잎부터 슈퍼리치

회귀자를 위한 슬기로운 투자생활

MODERN FANTASY STORY

투자의 신

1

鬼

투자의 귀신

1장
접신

…데이비드 신의 등장은 여의도 신흥 제왕의 탄생을 알리는 신호탄이었다.

이제부터 대한민국 주식판은 '신'이 지배하게 될 것이다.

—모건 스탠리 '여의도 평전' 中….

§ § §

귀에서 이명이 들려온다.

삐이—

며칠째 제대로 잠을 못 자서 그런지 얼굴이 퀭한 것이 꼭 어디 아프기라도 한 것 같은 낯빛이다.

심지어는 주변에서 뭐라고 하는지조차 잘 들리지 않을 정도였다.

"총투자금액 500억 중 절반은 블라인드 펀딩으로 마련되었고 나머지는 자사의 유보금으로 충당하기로 했다고 되어 있습니다. 이에 HMN에서는….."

대한민국 7대 종합상사인 IX인터내셔널.

IX인터내셔널은 범 IL그룹 일가인 IX홀딩스의 자회사로서, 기업의 기원인 '일림상사' 때부터 지금까지 무려 60년의 역사와 전통을 자랑하는 종합무역상사이다.

입사 2년 차인 사원 신한결은 경리부에서 투자분석팀으로 자리를 옮긴 후로 눈코 뜰 새 없이 바쁜 나날을 보내고 있었다.

하지만 최근 몸 상태가 말이 아니라서 더 힘들다. 몸에 힘이 없고 먹어도 먹어도 배가 고팠다.

"…이후 HMN에서 적격심사가 내려오면 인베스트 메콩 프로젝트가 본격 시행된다는 계획인데, 그게 쉽지 않을 것 같다는 게 HMN의 내부 의견입니다."

"파트너 눈치 보느라 아주 눈 찢어지겠네, 젠장."

최근 IX인터내셔널은 베트남 남부를 따라 흐르는 메콩강 일대를 이용한 대운하 사업에 투자하는 '인베스트 메콩 프로젝트'에 대대적인 투자를 진행 중인데, IX인터의 금융파트너인 PEF(사모펀드) 'HMN파트너스'가 투자적격심사를 통해 펀딩을 진행할지 말지 결정하겠다고 밝혔다.

한때 심각한 자금난을 겪었던 IX인터는 모회사에 의해 매각절차를 단행할 수도 있다는 통보를 받았으나, 사모펀드인 HMN파트너스를 만나 해외 펀딩으로 자금조달에 성공해 기사회생하였다.

그때부터 IX인터는 HMN파트너스로부터 비공식적인 경영간섭을 받고 있는 상황이다.

아직 투자한 자금에 대한 목표 수익률에 도달하지 못했기 때문이다.

아마 HMN이 원하는 수익에 도달할 때까지 그들은 IX인터를 미친 듯이 쪼아 댈 것이 분명했다.

"이봐, 신한결 씨! 지난번에 말했던 메콩강 일대 자원교역량 차트 어디 있지?"

"……."

"신한결 씨?"

"…이봐, 한결 씨!"

"헉! 네, 네네, 차장님!"

투자분석 3팀장 강윤석의 호통에 골골거리고 있던 한결이 눈을 번쩍 떴다.

짜증이 확 밀려온다는 듯, 3팀장이 한결을 무섭게 노려보았다.

"뭐 하자는 거야?! 회사가 무슨 놀이터인 줄 알아?"

"죄, 죄송합니다! 요즘 몸이 좀 안 좋아서⋯."

팀장의 핀잔에 이어 과장, 대리들도 한결에게 눈치를 준다.

"몸이 안 좋으면 회사에 나오지를 말든가. 왜 부득불 기어 나와서 사람을 짜증 나게 만드는 건데?"

"죄송합니다!"

"하여간⋯ 이래서 지잡은 뽑지 말자니까 정말! 지잡은 끈기가 없잖아, 끈기가!"

한결이 IX인터의 입사시험에 합격한 것은 순전히 운이 좋았던 것뿐이다.

당시에 경리부에는 사람이 모자랐고, 국세청 감사를 앞두고 있어서 급히 일손들이 필요했던 IX그룹은 입사 스펙을 밑바닥까지 낮춰서 사람을 뽑았었다.

그 결과, 지방대 출신으로는 운 좋게 CPA(공인회계사) 1차에 패스했던 한결이 IX인터에 입사할 수 있게 된 것이었다.

강윤석은 해외파 출신에 뼛속까지 순혈주의 엘리트인지라 반쯤 낙하산이나 다름없는 한결을 너무나도 하찮게 여겼다. 그리고 그 휘하의 과장, 대리, 심지어는 연차 높은 사원들까지 죄다 한통속이었다.

한데 만약 골골대기까지 한다면 어떻게 될까?

'⋯끝장이지, 뭐.'

이대로라면 단순히 미운털 박힌 것으로 끝나지 않을 것이다.

한결은 자리에서 벌떡 일어나더니 화이트보드에 차트를 그리기 시작했다.

슥슥슥.

최근 3년간 메콩강에서 이뤄지고 있는 자원교역에 대한 동향을 차트로 나타낸 것이다.

차트는 무척이나 상세했고, 정확한 수치로 무장해서 보는 이로 하여금 신뢰감을 불러일으키기에 충분했다.

일전에 만들어 두었던 차트와 정확히 일치했다.

놀랍게도 한결은 무려 A4용지 20장 분량의 보고서를 완벽하게 외우고 있는 것이었다.

"보시는 바와 같이 3년 연속 감소세를 나타내고 있으며 목제와 광석 등, 천연자원의 경우에는 교역량이 1/3 수준으로 급감한 것으로 보입니다. 가장 많이 줄어든 것은 모래로, 총 89%의 감소세를 보였습니다."

"…뭐야, 그간 작성했던 차트를 다 외운 거야?"

"네."

"나~ 참."

한결에게는 남들과는 다른 특이한 점이 있었다.

바로 숫자에 능하다는 것.

군인이었던 아버지와 함께 가사를 꾸려 나가느라 맞벌이

를 한 한결의 어머니는 무려 30년 동안이나 중소기업에서 경리로 일했었다.

어려서부터 어머니 직장에 따라다니면서 곁눈질로 주판을 두드리던 것이 습관이 되어 버린 것인지는 모르겠으나, 어지간한 숫자는 한 번 보면 무조건 외울 정도로 수에 능했다.

허구한 날 갈구는 팀장도 한결의 수적인 능력은 인정할 정도였다.

"자기가 무슨 복사기야, 메모장이야? 그걸 벌써 다 외웠어? 그렇게 계산기를 잘 두드리면 회계사를 하지, 왜 우리 회사에 와서 민폐야?"

"…죄송합니다! 민폐 끼치지 않도록 열심히 하겠습니다!"

"하여간 저 깡다구를 어쩌면 좋나. 악으로 깡으로~ 어이구!"

다른 건 몰라도 한결에게 있어서 가장 큰 무기가 있다고 한다면 다름 아닌 '깡다구'일 것이다.

고등학생 때까지 양궁선수였던 한결의 부친은 UDT에 몸담고 있을 때 아들을 꽤나 강하게 키웠고, 타고나기를 깡다구가 강한 한결은 그 기세까지 물려받아 단단한 짱돌 그 자체로 자라났다.

"죄송합니다! 한 번 해병은 영원한 해병이라 깡으로 버티는 겁니다!"

"…알지, 해병. 같은 해병만 아니었으면 벌써 잘렸어. 알아?"

강윤석은 보기와는 다르게 해병대 출신이었다. 유학을 떠나기 전에 해병대에서 병장으로 제대한 것이다.

그 해병대 지연으로 대놓고 갈굴지언정 직접적으로 해고의 칼날을 휘두르지는 않았다.

아직까지는.

"감사합니드아!"

"됐어, 귀청 떨어지겠네. 아무튼 간에 오늘 내로 HMN 설득할 수 있는 객관적인 자료들 찾아서 웹하드에 올려 놔. 알겠어?"

"넵!"

"그리고 말이야, 아프면 병원에를 가, 병원에를. 옆 사람 짜증 나게 하지 말고."

"…괜찮습니다."

"괜찮다고? 이게? 자기는 거울도 안 보고 살아?"

"예?"

말이 끝나자마자 옆자리에 있던 안유진 과장이 한결에게 손거울을 건넸다.

거울을 받아 얼굴을 살피자 정말로 피골이 상접한 것이 좀비가 친구 하자고 어깨동무할 판이다.

"아, 아하하…."

"그냥 집에 가. 가서 푹 쉬어, 영원히."

"…아닙니다. 책임지고 자료 수집을 해 놓겠습니다!"

죽는 한이 있어도 절대 회사는 떠날 수 없다.

'해병대 수색대의 자존심이 있지!'

차라리 이 회사의 귀신이 되어 버릴 작정이다.

§ § §

한결은 이른 저녁에 회사 근처 도시락 가게에서 제일 저렴한 메뉴를 주문했다.

"도시락 사시면 복권을 무료로 증정해 드려요!"

"…복권이요?"

"긁는 거! 있잖아요, 왜."

"아아, 그렇구나."

점원은 복권을 하나 내밀었다.

한결은 피식 웃으며 그것을 주머니에 대충 쑤셔 넣었다.

"그럼 많이 파세요."

"어? 안 긁어 보세요?"

"…500원이에요. 다음에 사러 올 때 쓸게요."

"음? 그걸 어떻게 아세요?"

"어… 감?"

"에이, 그걸 어떻게 감으로 알아요?"

"…아는 수가 있더라고요."

요즘 이상하게 몸이 찌뿌둥할수록 감이 점점 좋아진다.

한데 이런 감각이 민감해질수록 짜증도 늘어만 갔다.

다시 사무실로 돌아와 보니 모두 퇴근하고 아무도 없었다.

"시작하자!"

홀로 외로운 싸움을 시작했지만, 그래도 개의치 않는다.

메콩강 개발 프로젝트인 '인베스트 메콩'은 향후 IX인터내셔널이 인도차이나반도 지역으로 진출했을 때 물류거점을 만들어 줄 물밑작업이다.

인베스트 메콩 프로젝트의 펀딩을 모집하는 GP(General Partner)로는 베트남의 재벌 '호앗느 그룹'이 나섰고 한국의 물류회사 6곳이 공동으로 500억씩 투자금을 출자하기로 했다.

한데 문제가 하나 있었다.

"…자료 수집이 쉽지 않네, 이거."

인베스트 메콩 프로젝트는 연안개발과 함께 천연자원을 채취하여 수익률을 극대화한다는 것이 투자의 핵심이었다.

한데 최근 메콩강에서는 해외기업의 자원채취가 잠정 중단되었고 언제 다시 재계가 될지는 미지수다.

때문에 투자고문을 설득할 만한 객관적인 자료가 부족했다.

한마디로 개발이 될지 어떨지 정확히 판단할 수도 없는 상황에서 펀딩이 시작된 것이었다.

"돌겠네, 진짜! 이딴 걸 통과시키는 GP들도 미친놈들이고, 출자를 하겠다고 덤비는 LP들도 이해가 안 되고."

사모펀드 운용사 GP는 투자기관인 LP(limited partner)를 통해 돈을 모아 펀드를 굴린다.

한결이 생각하기엔 수익률 상승을 위해서라도 쇼맨십이 필요한 GP와는 다르게 LP는 철저히 원금보전주의로 가야 하는 게 맞았다.

한데 인베스트 메콩 프로젝트는 원금보전은커녕 투자 적격인지도 미지수였다.

"…이걸 계속 끌고 나가는 게 맞긴 한 건가?"

차라리 투자를 엎어 버린다면 모를까.

더 이상의 자료 수집은 의미가 없다고 생각했다.

그래도 위에서 시킨 일이니 뭐라도 하긴 해야 한다.

한결은 최근 메콩강에 대한 투자 기조라든지, 자본유입량 따위를 수집해서 일일이 한글로 번역하기 시작했다.

번역하고 맞춰 보고 다시 번역하고…. 기타 외국어로 된 보고서를 영어로 바꾸고, 그것을 한글로 변환하는 일은 개노가다 그 자체였다.

시간이 얼마나 지났을까?

허리 좀 펴려고 자리에서 일어섰다.

으드드득!

"으갸갸갸갸갸!"

네 시간 만에 허리를 펴니 온몸에서 비명을 지른다.

이건 깡다구로 될 것도 아니고, 숫자를 잘 쓴다고 비벼 볼 만한 것도 아니었다.

한결은 잠시 쉬었다가 하기로 했다.

"진짜 뒈지겠네……."

조금은 딱딱한 구식 업무용 의자에 기대어 앉으니 그나마 좀 살 것 같다는 생각이 든다.

한결은 쉬는 김에 잠깐 책이라도 읽을 생각으로 시선을 돌렸다.

"그래, 힘들 땐 꿈이라도 꾸는 게 최고지."

책상 한쪽에는 한국 투자의 전설, 한국형 PEF의 대부로 불리는 한용진의 자서전이 놓여 있었다.

비록 투자를 전문으로 하지는 않지만, IX에서 투자분석을 익혀 언젠가는 사모펀드로 이직한다는 것이 목표였다.

만약 그 목표를 달성하게 된다면 한용진처럼 멋진 투자 전문가가 돼 보고 싶다.

"할 수 있다!!"

자기암시는 생각보다 긍정적인 효과를 낸다. 자기암시가 가지는 효과가 생각보다 크다는 소견들도 있다.

한용진의 자서전을 챙겨서 옥상이라도 가려는데 어디선

가 사람 목소리가 들린다.

-한용진이 저 개새끼!

"아니, 누가 한용진 회장을 욕하는……."

-저런 개 사기꾼 새끼를 전설이라고 추앙하는 미치광이들이 있다니, 아주 한국도 개 아사리판이 따로 없구나?

"…어?"

순간 한결은 자신의 귀를 의심했다.

지금 이 시간까지 회사에 남아 야근을 할 만한 사람은 한 명도 없었기 때문이다.

다시 불을 켜고 주변을 둘러보는 바로 그때.

-한용진이보다 내가 백배는 낫지!

"허억!"

한결은 그 자리에서 빳빳하게 굳어 버리고 말았다.

눈앞에서 공중을 부유하고 있는 한 중년 남자 때문이었다.

-뭐야, 내가 눈에 보여?

"어이씨, 꿈? 내가 눈뜬 채 자고 있나?"

-오호! 신기한데? 귀신을 본단 말이야?

"…귀신?"

-진짜 보이는 거야? 어이, 내가 보이세요?

"윽! 허리야…. 갑자기 왜 허리가…. 어?!"

갑자기 온몸이 쑤셔 온다. 멀쩡하던 허리에서 요통이 느껴졌고 한기에 의해 피부가 갈라지는 듯한 착각이 들었다.

순간 요즘 바짝 물이 오른 육감이 엄청나게 날카로워진다.

"…뭐야, 설마하니 지금까지 내가 골골거리던 게 다 저 놈의 귀신 때문이었던 거야?"

ㅡ자자, 내가 무섭게 느껴질 수도 있어. 하지만 말이야, 조금 정신을 가다듬고 내 말을 5분만 들어주면 분명히 오해가 풀릴….

"이런 씨부랄!"

귀신이고 뭐고 짜증이 머리 끝까지 확 솟구쳐 올랐다.

모든 육감이, 이 모든 고생이 저 귀신 때문이라고 말해 주고 있었다.

ㅡ씨부랄이라니! 이 새끼야! 내가 너보다 몇 살이 더 많은데?

"아니, 잠깐. 어디서 많이 본 얼굴인데?"

ㅡ어, 난 초면인데?

난색을 표하는 귀신을 빤히 바라보는 한결의 얼굴이 점점 확신으로 물들기 시작한다.

"맞네, 그 인간!"

ㅡ인간이라니, 난 귀신인데?

"사기꾼 차상식!"

투자의 전설 한용진만큼이나 유명한 인물.

한때는 펀드왕이었던 사기꾼 차상식이 무려 귀신이 되어
달라붙은 것이었다.

§ § §

늦은 밤, 옥상으로 올라간 한결의 옆을 둥둥 떠다니는 귀
신의 표정은 의아함으로 가득 차 있었다.

-너, 정말로 아무렇지도 않아?

"아프다니까요? 허리도 아프고 온몸이 두들겨 맞은 것처
럼 쑤셔요."

-이상하네? 보통은 이럴 때 쓰러지고 기절하고… 심지
어는 졸도해서 죽기도 하던데 말이야.

"아니, 잠깐만. 그럼 아저씨는 내가 잘못하면 죽을 걸 알
면서도 내내 옆에 있었다는 거잖아요?"

-달라붙는 게 내 마음대로 되는 거겠냐? 그냥 어쩌다 보
니 그렇게 된 거지.

지금까지 몸이 안 좋은 게 모두 귀신 때문이라는 것이 밝
혀지니 세상 이렇게 허무할 수가 없다.

귀신은 골똘히 생각에 잠겼다.

-…참으로 희한한 녀석이란 말이지. 심장이 무슨 강철
로 만들어졌나? 보통은 귀신을 보면 놀라 자빠지기 마련인
데.

"이게 이상한 일이에요?"

-이상하지. 이게 재수 없으면 급살(急煞) 맞기도 하거든. 근데 멀쩡하다?

귀신을 보고 정신줄 놓았다가 훅 가 버리는 경우는 과거의 다양한 이야기를 통해 증명(?)되었다.

하지만 타고나기를 강심장인 한결이 귀신을 봤다고 해서 쓰러질 리가 없다.

다만, 지금까지 아팠던 것이 억울할 뿐이랄까.

한결은 화를 내는 대신에 가자미눈을 한 채 귀신을 바라보았다.

분노가 사라진 곳에는 의심이 자리를 잡았다.

"…그나저나 아저씨, 맞죠?"

-뭐가?

"HMN 차상식 회장!"

-…사람 잘못 봤는데?

"사람이 아니라 귀신이겠죠. 아무튼, 맞잖아요, 차상식! 대한민국 사모펀드의 살아 있는 전설… 이었던 희대의 사기꾼!"

귀신이 발끈하며 소리쳤다.

-어린놈의 새끼가 뭘 안다고! 뭐, 사기꾼? 사기꾸우운?! 사기꾼은 인마, 한용진이 사기꾼이지!

"한용진은 대한민국 사모펀드계의 영웅이고요!"

-아니, 하! 영웅? 지나가던 개가 이단옆차기 하는 소리 하고 자빠졌네! HMN이 지금 왜 저렇게 된 줄 알아? 다 저 한용진 새끼 때문이라고! 내가 무려 35년 동안이나 공들여서 만든 회사인데! 개자식이 그걸! 어휴!!

"거짓말."

-…아, 답답하네!

차상식은 대한민국 원조 PEF인 HMN파트너스를 창립했고, 3년 전까지만 해도 사회에 활발한 공헌활동을 하며 참 기업인으로 널리 명성을 떨쳤었다.

하지만 희대의 대국민 사기극인 '인트펀드 폰지사기 사건'을 터뜨린 후에 심장발작으로 사망했다.

인트펀드는 국민들의 돈을 횡령해서 만든, 이른바 '상생펀드'로서 10조 원이나 되는 돈이 한 번에 증발해 버린 최악의 사기사건이었다.

검찰은 인트펀드 말고도 차상식의 사기극이 더 있을 것이라고 보고 수사를 벌이고 있으나 크게 진전이 없었다.

그리하여 차상식은 명실상부 최고의 펀드매니저이자 천재 GP라는 타이틀과 최악의 사기꾼이라는 오명을 함께 얻게 된 것이었다.

"10조가 얼마나 큰돈인데… 양심도 없지!"

-…내가 얼마나 억울하면 귀신이 되었겠냐? 아오, 그 개자식! 잡아 족치고 싶은데 죽어 버렸으니 방법도 없고!! 어

이구! 어이구!!

"죽은 자는 말이 없다더니, 이건 뭐 입만 살아서 둥둥 뜬 꼴이네. 사기꾼들의 전형적인 레퍼토리네요."

―아니, 어우! 하! 진짜……. 야, 너! 나랑 내기하자!

"내기요?"

―만약 네 말대로 내가 사기꾼이다? 그럼 내가 너를 대한 민국 최고의 부자로 만들어 주마!

"아… 이 양반이 또 약을 파시네. 이제는 그런 사탕발림에는 안 넘어가거든요?"

―사탕발림이고 뭐고 내가 최고의 펀드매니저였던 것은 사실이잖아. 아니냐?

"그건… 맞죠?"

말년에 사기 구설수에 오르긴 했으나, 차상식은 대한민국 역사상 최고의 수익률을 낸 실적이 있었다.

―내가 마음만 먹는다? 이딴 진창에서 너를 빼내 주는 것쯤이야 일도 아니야. 그리고 너랑 나랑 나이 차이가 얼마인데 개소리를 하겠냐? 나 인마, 58년 개띠야! 내가 아들이 있었으면 너보다 나이가 많을 거다!

"으음…. 생각해 보면 인트펀드에 대해서는 석연치 않은 점이 몇 가지 있기는 했었죠."

―그래! 수사에 허점이 너무 많았어! 만약 내 말이 맞으면 너, 지금까지 내게 모욕 줬던 거 다 사과하고 내 소원 하

나 들어줘.

"소원?"

−한용진에게서 HMN을 되찾아 오는 거다.

순간 한결은 피식 웃어 버렸다.

"참나, 내가 살다 보니 귀신한테 별소리를 다 듣겠네.
아, 몰라요! 아무튼 간에 앞으로 내 앞에 두 번 다시는 나타
나지 마세요! 살다 보니 귀신이 다 들리고, 나 참."

−아니, 야, 그건 아니지. 야!

차상식이 발광을 했지만 한결은 듣는 둥 마는 둥 사무실
로 향했다.

해야 할 일이 산더미였다. 귀신의 말도 안 되는 넋두리를
들어줄 시간 따위는 없었기 때문이다.

하지만 차상식은 여전히 한결이 곁에 붙어 있었다.

−잘 생각해 봐. 이건 인생 일대의 기회라니까?

"거참, 안 한다고요!"

−나쁜 놈! 죽은 사람 소원도 들어준다는데! 그깟 일이
뭐 그리 대수라고!

마치 우산 없이 오뉴월에 찬비라도 맞으면서 서 있는 듯,
차상식의 어깨가 축 늘어졌다.

절망과 슬픔에 싸여 버린 것이었다.

바로 그때였다.

두근!

"헉!"

–…나라고 좋아서 이러는 줄 아나?

"그, 그만……."

–어, 왜 그러냐? 어디 아파?

"시, 심장이……."

–심장?! 잠깐. 그러면 안 되지! 그럼 나는 누가 성불시켜 주는데!

슬며시 눈을 감은 한결은 호흡을 가다듬었다.

극도로 예민해진 육감이 현재 어떤 상황에 처해 있는지 알려 주고 있었다.

"…아무래도 아저씨가 절망하거나 슬퍼하면 나까지 힘 들어지는 것 같아요."

–엥? 그럴 수가 있나?

"잘못하면 죽겠는데요?"

–그럼 안 된다니까?! 이 세상엔 너만큼 강심장도 드물 어. 어쩌면 영원히 만나지 못할지도 모른다고!

"아, 젠장! 그러니까 하필이면 왜 나한테 달라붙어서 정 말!"

–나라고 그러고 싶어서 그랬겠냐?!

한결은 그 자리에 주저앉았다.

안 그래도 힘든 세상 귀신까지 숟가락을 얹다니, 이게 무 슨 저주인가 싶어 현타가 밀려왔다.

차상식은 무거운 표정으로 입을 열었다.

−…너, 내가 못 미더운 거잖아. 그치?

"무슨 그런 당연한 말을?"

−그럼 이렇게 하자. 당장 내 말을 못 믿는다? 오케이. 좋아, 이해해. 나라도 그럴 테니까. 그러니까 당분간 내가 너를 고용하는 것으로 하자.

"고용이라니요?"

−네가 나를 믿게 될 때까지 고용주와 고용인 관계가 되는 거지. 어때?

"엉? 그게 무슨 귀신 씨나락 까먹는 소리예요? 귀신이랑 사람이 뭔 수로 고용계약을 맺어요?"

−계약금으로 내가 너한테 버튼 코인을 줄게!

"…뭘 줘요?"

−버튼 코인! 한 100버튼쯤 있나? 그거 너 줄게, 계약금으로.

순간 한결의 어깨가 움찔거린다.

"100버튼?"

1버튼에 2백만 원, 10버튼면 2천만 원. 그럼 100버튼면 2억이다.

"어……."

−거기에 덤으로 내가 네게 투자수업을 해 주마. 제대로 된 GP로 만들어 줄게!

"진짜로 버튼 코인을 주겠다고요?"

ㅡ인마, 버튼 코인은 별거 아니야. 내가 너를 가르쳐 주겠다니까?

"…그건 됐고요. 진심이죠? 버튼 코인!"

ㅡ허참, 사람… 아니, 귀신 말을 못 믿네. 너, 스마트폰 꺼내 봐. 당장 확인시켜 줄게!

차상식은 한결에게 스마트폰으로 가상화폐 사이트의 주소를 알려 주었고, 회원번호와 비밀번호, 핀번호 등을 차례대로 알려 주었다.

그러자 정말로 로그인이 되면서 가상자산의 현황이 실시간으로 나타났다.

[가상자산 현황 : 102버튼]

스마트폰으로 가상화폐 사이트에 접속한 한결은 떨리는 손으로 버튼 코인의 개수를 세고 또 세어 보았다.

"일, 십, 백…. 진짜 백 개네?! 정확히는 백두 개!"

ㅡ사람… 아니, 귀신이 하는 말을 왜 못 믿냐고.

"…진짜로 저 주신다고요?"

ㅡ줄게, 너 가져. 귀신이 돈 쓸 데가 어디 있다고?

"즉시 출금 가능한 거죠?! 그렇죠?!"

차상식은 고개를 끄덕였다.

−거참, 귀신 말을 못 믿네. 계약금이라고, 인마!

"으음······."

−자, 나는 네게 최소한의 성의를 보였다. 너도 내게 최소한의 성의를 보여.

"어떤 성의요?"

−앞으로 내가 성불할 때까지만 같이 지내자. 서로 피해 주지 말고.

"···피해는 아저씨가 지금도 엄청나게 주고 있는데요?"

−거참, 둥글둥글하게! 한 번에 대답 못 하는 병이라도 걸렸냐?

어차피 지금은 떼려고 해도 뗄 수도 없는 것이 차상식이라는 귀신이었다.

한결이 생각하기에 귀신은 억지로 뗄 수 없고, 잘못하면 죽을 수도 있겠다는 생각까지 들었다.

그렇다면 당분간은 한 육신 두 영혼의 동거밖에는 답이 없었다. 어쩔 수 없는 일이다.

"좋습니다! 대신 허튼수작을 부린다거나 하면 가만 안 둬요! 그때는 아주 이판사판이야!"

−네 성질머리를 내가 모르겠냐? 수작 안 부린다!

"오케이, 계약 성사!"

어쩌다 보니 귀신과 계약을 체결하게 되었다.

§ § §

계약을 맺고 사무실로 내려가는 길.

한결이 차상식에게 물었다.

"아저씨는 희대의 사기꾼이라는 사람이 가상화폐 자산을 100개밖에 안 꼬불쳤어요?"

―꼬불… 하! 저렴한 단어선택 하고는…. 진짜… 하!

"다른 부자들은 망해도 3년은 간다고 하던데? 아저씨는 아니에요?"

차상식은 덤덤하게 답했다.

―돈 같지도 않은 가상화폐가 자꾸 생겨났다가 없어지는 이유가 뭐라고 생각하냐? 투기? 뭐, 그것도 맞지. 하지만 궁극적인 이유는 따로 있어. 블랙머니를 조달하기 위함이라고.

"그야……."

―상식이라고? 그런데 그런 상식이 있는 놈이 한국 최고 펀드꾼의 재산이 고작 100버트라고 생각한 거냐?

"생각해 보니 그러네요? 그럼 죽어서도 여전히 부자라는 소리예요?"

차상식은 피식 웃었다.

―부자? 죽어서 부자면 뭐, 어쩌게? 그걸로 국이라도 끓여 먹을 수 있을까?

"하긴 그럼 남은 돈들은 다 누가 가지고 갔으려나?"

한결의 의문에 차상식은 고개를 가로저으며 답을 해 주었다.

─현물자산은 모르겠는데 내 코인은 개인인증서가 있어야 뺄 수 있어. 단 1버트라도 그냥은 못 빼. 무조건 인증서가 있어야 뺄 수 있게 되어 있지. 물론 인증서의 비밀번호는 나만이 알고 있고.

"죽기 전에 장치를 잘해 놓으셨네요. 국 끓여 먹을 것도 아니면서."

─그런데 그건 왜 묻는 거냐? 내 재산에 욕심이라도 있는 거야? 그런 생각이라면 얼른 접고…….

"저는 사기꾼 재산은 필요 없는데요? 그냥 좀 찜찜해서 물어봤어요."

사기라는 말에 차상식은 다시 발끈한다.

─그건 나 아니라니까!

"다들 그래요. 자기는 아니라고 하지."

─어휴! 이래서 내가 성불을 못 한 거 아니겠냐! 억울해서!! 속이 터져서!!!

표정을 보면 정말로 억울한 것 같았지만, 사기꾼은 절대 쉽게 믿어선 안 되는 존재다.

사실 지금 받은 계약금도 약간 찜찜한 것이 사실이었다.

하지만 딱히 방도가 없는 상황인지라 적당히 순응하는

것뿐이다.

─…그나저나 넌 무슨 일을 밤늦게까지 열심히 하냐?

"회사원이 일을 열심히 하는 게 이상한 일이에요?"

─열심히 하는 건 기본이지. 하지만 너는 열심히 하는 게 아니라 그냥 무식하게 하는 거고.

"무식?! 아니, 그건……."

정곡을 찔리자 자기도 모르게 울컥했다.

확실히 한결은 그저 열심히 하는 것 말고는 대안이 없기 때문에 이러고 있는 것이었다.

만약 다른 길을 찾았다면 얼마든지 그쪽으로 발길을 돌렸을지도 모른다.

"…경리부에서 최근에 투자분석팀으로 자리를 옮겼어요. 얼마 전에 자원투자 쪽으로 회사를 확장한다고 나름대로 드림팀을 모았다는데… 솔직히 드림팀인지 뭔지 잘 모르겠네요."

─IX면 종합상사잖아. 자원개발이다 뭐다 해서 정부에서 지원도 많을 텐데? 특히 투자 쪽으로는 말이야.

"휴! 아니에요. 요즘은 그렇지도 않아요."

─아… 그런가? 그러네. 그럴 수도 있네.

"아무튼, 뭐 좌천 비슷하다고 해야 할까? 그래도 중견기업이라 붙어 있는 거죠."

─그래야지 나중에 사모펀드도 바라볼 수 있을 테니까?

"뭐, 그런… 셈이죠?"

—투자업무라….

차상식의 표정이 어쩐지 흥미로움으로 상기된 것 같다.

—업무의 내용이 뭔데?

"말하면 뭘 아시나요?"

—내가 HMN의 수장이었던 걸 잊었냐?

"어? 그러고 보니 그러네?"

확실히 한결이 고민하고 있는 온갖 것들이 차상식에게는 식후 커피나 다름없을지도 모를 일이다.

잠깐 잊고 있었지만 차상식은 이 바닥에서는 최고의 권위자가 아니던가.

제2장
짬에서 나오는 바이브

한결은 태블릿PC를 꺼내 차상식에게 사업보고서를 내밀었다.

보고서를 살피던 차상식이 미간을 좁히며 팔짱을 꼈다.

뭔가 마음에 안 드는 기색이 역력했다.

–넌 이 보고서를 보면서 무슨 생각이 들었어?

한결은 자신이 느꼈던 감상에 대해 솔직히 털어놓았다.

"…앞뒤가 안 맞는다?"

–그렇지? LP 입장에서 보면 이 투자는 말이 안 되는 거 잖아. 그치?

"그렇죠?"

–그렇다면 그 이유는?

"어… 으음…. 개발 실적은 고사하고 플랜도 완성이 안 되어서 3년째 잠만 자고 있는 땅에서 뭔 돈을 벌겠어요?"

차상식은 고개를 가로저었다.

－쯧! 번지수를 잘못 짚었구나. 이 투자 건은 그런 단순한 목적에 의해서 시행된 게 아닐 거거든.

"엥? 투자에 수익 말고 다른 목적도 있어요?"

－당연하지. 투자는 한 가지 불변의 명제와 여러 가지의 목적을 가지고 시행되는 거야. 돈이라는 명제와 그것을 유지하고 불리기 위한 목적. 그게 투자라는 거지.

"그렇다면 굳이 500억씩이나 투자할 이유가 도대체 뭔데요?"

－미래를 위한 공치사도 결국엔 투자야. 그게 정부로 향하든, 기업으로 향하는 말이야.

"어, 그럼 다른 사업으로의 진출을 위해 돈을 바르는 중이다?"

－그건 이제부터 찾아내야지. 과연 웃대가리들이 진정으로 원하는 게 뭔가! 본질 너머에 있는 큰 그림을 볼 줄 알아야 해. 알겠냐, 애송아?!

지금까지의 가벼운 모습과 달리 차상식은 한없이 진지했다.

그런 그의 일갈에 한결은 깊은 고민에 빠져들었다.

"…그렇다면 이 조사의 방향성부터가 잘못된 거 아닌가?"

—오호! 그렇지, GP의 목적 말고 LP의 목적부터 살펴보란 말이야!

잠시 멍하니 보고서를 보던 한결이 이내 고개를 휘휘 저었다.

"아니, 아니지! 이걸 보고서 한 장만 보고 알 수 있다고요? 아저씨가 무슨 신이에요?"

—신? 신은 개뿔! 이 바닥에서 30년만 굴러 봐. 나처럼 되고도 남지.

"어… 으음…."

—왜 말끝을 흐려? 너 인마, 설마하니 내 짬밥까지도 못 믿는 거냐?!

"당연하죠! 30년 경력? 아저씨가 짬밥이 30년이든 300년이든, 모든 업적이 사기인지 아닌지 내가 어떻게 알아요?"

대한민국 사상 최연소 회계사 자격증 취득자, 1호 애널리스트, 1호 펀드매니저, 게다가 대한민국 최초 월가 진출 펀드매니저라는 타이틀까지 얻었지만, 한결에게 차상식은 불신의 아이콘일 뿐이었다.

—…진짜 끈질긴 놈일세. 너, 무슨 불신병 같은 거 걸린 거 아니야?

"불신병이라는 병이 어디 있어요? 그냥 꼼꼼한 것뿐이지."

─아, 좋아! 당장 2억을 준데도 못 믿겠다는데! 그럼 뭐, 돈으로 증명해 주랴? 그 돈? 딱 한 달이면 20억으로 불릴 수 있어! 너 인마, 지금 황금 같은 기회를 얻은 거라고!

"아니, 사람도 사기꾼 타이틀 달면 안 믿어 주는 판에 귀신을 어떻게 믿습니까?"

─엥?

"호앗느 그룹 같은 대기업도 의심해 가면서 살아가야 하는 세상이잖아요. 그런데 초면인 아저씨를 어떻게 믿냐고요."

입을 닫은 차상식은 한결을 께름칙하게 바라봤다.

그러더니 슬쩍 이죽거렸다.

─…하긴 GP에게 의심병만큼 좋은 자질도 없긴 하지.

"뭔 자질이요?"

─아니야, 아무것도. 아무튼 간에 인마, 사람을 너무 못 믿는 것도 병이야.

"사기를 워낙 크게 치셨어야 믿죠?"

─…아무튼 간에 얼른 조사부터 시작하자. 보고서를 쓰려면 시간이 빠듯하다며.

"아참! 내 정신 좀 봐!"

보고서의 기한은 오늘 아침까지였다.

고민에 빠져든 한결에게 차상식이 속삭였다.

─속는 셈 치고 내가 하라는 대로 해 봐. 손해 볼 건 없을걸?

"…하긴 지금으로선 어쩔 도리가 없긴 하네요."

달리 방법이 없기에 찝찝하긴 하지만 한결은 차상식을 믿어 보기로 했다.

한결은 자리로 돌아가 컴퓨터를 켜고 회사 웹하드에 있는 자료를 뒤지기 시작했다.

차상식이 그런 한결을 보며 고개를 갸웃했다.

–너 뭐 하냐? 갑자기 회사 하드는 왜 뒤지고 난리야?

"이번 투자의 진짜 목적이 뭔지는 몰라도 우리 회사 윗선들은 어쨌거나 투자가 진행되기를 원하는 거잖아요?"

–뭐, 그렇기는 하겠지.

"그럼 투자고문 회사만 이해시키면 내 할 일은 끝나는 것 아닌가요?"

–호오?

올바른 투자, 수익성을 좇는 포트폴리오. 이 바닥에서는 당연히 필요한 것들이다.

하지만 한결은 차상식의 말을 듣곤 생각을 바꾸었다.

모든 것은 목적에 기반을 둬야 한다는 것이다.

"당장의 수익보다 추후에 올라갈 수익률이 더 높으면 HMN도 결국에는 인베스트 메콩 프로젝트를 인정할 수밖에는 없지 않을까요?"

–당장의 수익보다 추후에 올라갈 수익률이라…. 그럴 만한 호재(好材)가 뭐 있는데?

"건설시장이요."

가만히 생각에 잠긴 차상식이 피식 웃었다.

ㅡ이놈 이거… 생각보다는 더 쓸 만한데?

§ § §

아침이 밝았다.

한결은 어제보다 한결 나아진 안색으로 팀장 앞에 섰다.

보고서를 읽는 강윤석 차장의 표정도 어제보다 훨씬 나아 보인다.

"보고서 좋은데? 인베스트 메콩 프로젝트를 건설주와 연결해서 물류 동향을 파악한 보고서라니."

"감사합니다!"

"진즉에 이러지. 그나저나 이건 어떻게 짚어 낸 거야?"

인베스트 메콩은 당장은 수익이 나지 않는 사업이다.

하지만 최근 베트남 건설시장의 성장속도가 연 215%를 넘을 정도로 엄청난 상승세를 기록하고 있었기 때문에 내수건설시장과 관련된 건자재 수요도 폭증하는 추세였다.

한결은 굳이 메콩강에 투자를 해야겠다면, 단순히 동아시아로 건너가는 거점만이 아니라 베트남 내수시장까지 노리는 일타쌍피의 전략을 제시한 것이다.

"감… 입니다!"

"감이라…. 그래, 수뇌부에서 뭘 원하는 것인지 파악하는 것도 감이 필요한 일이긴 하지. 아무튼, 고생 많았어. 들어가서 쉬어."

"감사합니다!"

어쩐 일로 칭찬을 다 한다. 심지어 집에 들어가 쉬라고 배려까지 해 준다.

물론 그걸 곧이곧대로 받아들일 정도로 어리석지는 않았다.

"이번 주에 투자분석팀 외부감사 들어오는 거 알고 있지? 다들 자료 준비해."

"넵!"

"한결 씨는 그만 들어가 봐."

"…숙직실에서 잠깐 눈 좀 붙이고 나오겠습니다."

"음, 그럴래? 그럼 그러든가."

칭찬은 짧게, 하지만 일은 길게.

최대한 쥐어짤 수 있는 한 사람을 짜내는 능력 하나는 강윤석이 이 회사에서 최고일 것이다.

한결은 내심 혀를 차며 몸을 돌렸다.

-저 새끼, 사람을 굴릴 줄 아네? 하지만 저래선 조직이 돌아가기 어려워. 넌 저런 거 배우지 마라.

'하라고 등 떠밀어도 안 합니다. 강 차장, 하여간 저 꼰대 자식을 그냥!'

-그러니까 이딴 회사를 때려치워야 하는 거야. 일하고 싶은 사람들하고만 일하는 거지! 얼마나 편해?

'사람이 어떻게 좋아하는 사람들이랑만 일해요? 누가 그러더라고요. 하기 싫은 일을 해야 하니 돈(월급)을 주는 거라고.'

-어휴! 답답아! 밖에서야 당연히 온갖 군상들을 만나게 되겠지. 하지만 적어도 회사 안에서는 심신이 편안해야지. 저건 의견다툼이 있는 수준이 아니라 부하를 아주 개똥으로 여기는 거잖아. 윗물이 맑아야 아랫물이 맑은 거다. 개 같은 인간 밑에서 일을 배우잖아? 너도 결국엔 개가 되는 거야.

'…참 속 편한 소리만 하시네요.'

회사 지하에 있는 숙직실로 향하자 피로가 급격하게 몰려드는 것 같았다.

반쯤 혼이 빠져나가 있는 한결에게 차상식이 물었다.

-그… 있잖냐. 내가 2억을 줬는데도 아무런 느낌이 들지 않냐?

'말했잖아요, 찝찝하다고.'

-그걸로 끝? 보통은 2억짜리 공돈이 생기면 사치도 좀 하고 빚도 갚고, 뭐 그런 것부터 생각해야 하는 거 아냐?

'그럴 시간이 어디 있어요? 2억이 통장에 꽂힌다고 해서 회사를 때려치울 수 있을 것 같았으면 애초에 목숨 걸고 회

사생활을 하지도 않았죠.'

─흠… 야수의 심장을 가졌나 했더니 그냥 콘크리트 덩어리인 건가?

'뭔 소리예요?'

─너 정말 2억을 손에 쥐고도 투자할 생각이 없어?

한결은 고개를 가로저었다.

'피곤해 죽겠어요. 투자는 무슨, 난 이만 잡니다!'

사람들은 투자를 쉽게 생각하지만, 한결은 절대 만만하게 보지 않았다.

특히나 최근 회사 일을 하면서 살짝 맛본 편린만으로도 이를 실감할 수 있었다.

개인이 어설프게 뛰어들었다간 태풍 부는 바다에 떨어진 각설탕이 될 뿐이다.

그렇다고 아주 생각이 없는 것은 아니지만, 지금으로서는 요원한 일일 뿐이다.

그런 한결에게 차상식은 지나가는 말로 한마디 툭 던졌다.

─2억이면 사모펀드도 만들 돈이긴 한데 말이지.

순간 자리에 누웠던 한결이 벌떡 일어섰다.

'…방금 뭐라고 했어요?'

─사모펀드 말이야 인마. 2억이면 만들고도 남는다고. 네 꿈이 잘나가는 사모펀드의 수장이 되는 거 아니었어?

'그렇기는 한데, 어떻게 2억으로 사모펀드를 만들어요?'

차상식은 피식 웃으며 답했다.

-난 처음에 2천만 원으로 시작했는데?

'…난 또 뭐라고. 자기 자랑하려고! 에잇, 피곤해! 잘래요.'

-아, 아니라고! 진짜라고! 이참에 내게 투자를 배워 보라는 뜻이라니까?!

"드르렁!"

한결은 옆에서 뭐라고 하든 아직은 일반 투자에는 별 관심이 없었다.

자신이 생각하는 이상이 너무나도 뚜렷했기 때문이다.

차상식은 그런 한결을 바라보며 이죽댔다.

-…그래, 푹 자라. 아마 내게도 곧 기회가 오겠지!

§ § §

IX인터내셔널 자원개발부장 윤지명에게 강윤석의 '메콩강 건설시장 수요 동향'이라는 보고서가 올라갔다.

"…그러니까, 베트남 내수시장에서 연간 8% 이상의 수익을 올릴 수 있다는 건가?"

"사실은 그 이상이 될 수도 있습니다."

8% 이상의 수익이면 알짜배기 사업이다. 윤지명은 지금까지 HMN파트너스로부터 벗어나려는 자사의 노력에 최대한 힘을 실어 주고 있었지만 HMN의 아귀힘이 생각보다 강력해서 애를 먹고 있었다.

한데 만약 메콩강을 개발해서 베트남 내수시장을 노리겠다는 계획이 실현된다면 판 자체를 뒤집을 수도 있다.

"자네, 우리가 왜 굳이 500억씩이나 투자를 하려 한 것인지 알고 있나?"

"메콩강에 물류거점을 만들기 위한 포석 아니었습니까?"

"그것도 맞지, 결론적으로 본다면. 하지만 이 500억은 결국 베트남 동부해안을 개발하기 위한 윤활유 같은 것이었어. 이를테면 호앗느 그룹을 통한 베트남 정부에 대한 로비라고나 할까?"

"아!"

"메콩강 개발사업이 최근 5년 사이에 시들해졌잖아? 강으로 몰렸던 건설자본은 도시와 항만으로 옮겨갔고, 인도차이나의 젖줄인 메콩강은 어느새 지는 해가 되어 버렸지. 하지만 만약 한국의 물류기업 6개 회사가 각각 500억씩을 태워서 3,000억의 거금을 만들어 개발호재를 만들어 봐. 죽어 가던 사업도 되살아나지 않겠어?"

"그렇다면 이 500억은 메콩강 사업의 부활을 위한 장작이라는…….”

"부활? 방금 내가 뭐라고 했는지 잊었어? 500억을 투척하는 건 동부해안을 개발하기 위한 포석이라고. 부활이 아니라 부활처럼 보이게 만드는 것이라니까?"

윤지명은 고개를 갸웃거렸다.

"이상하군. 오랜만에 통찰력 있는 보고서를 받았다 싶었는데… 그게 아니었잖아. 이 보고서, 자네가 쓴 거 맞나?"

"…시정하겠습니다!"

"쯧! 자네 말이야 아랫사람을 쥐어짜 내는 건 좋은데, 스스로도 좀 노력을 하라고. 어째 아직도 최연소 차장 진급이라는 타이틀에 어깨 뽕만 잔뜩 넣고 있어? 그래서 어디 부장 달 수 있겠어?"

"열심히 하겠습니다!"

"됐고, 나가 봐. 다음 기획회의 때는 쓸 만한 걸 가지고 올 수 있기를 바라겠네."

"예, 부장님."

부장실에서 나온 강윤석은 비상계단을 통해 아래층으로 내려가다 말고 주먹으로 벽을 힘껏 후려쳤다.

쿠웅~!

"빌어먹을!"

동기들 중에서 제일 먼저 차장 진급을 했고, 사내에서 가장 촉망받던 인재였었다.

하지만 주목과 기대는 순식간에 사라졌다.

언제나 반짝이던 두뇌는 어느 순간 빛을 잃었고, 윗선의 관심도 싸늘하게 식었다.

"씨X놈들이 허구한 날 아이디어를 빼 가니, 대가리가 남아나나? 젠장!"

강윤석은 발갛게 부어오르는 주먹을 매만지며 생각했다.

더 늦기 전에 무슨 수를 내야 한다.

"…개자식! 어디 두고 보자!"

§ § §

그날 오후.

잠에서 깨어나 업무에 복귀한 한결에게 강윤석 차장의 업무지시가 쏟아졌다.

마치 히스테리를 부리듯.

"IR보고서를 여덟 권이나요?"

"자긴 숫자 하나는 기가 막히게 잘 쓰잖아. 이번에 HMN까지 포함해서 이사회 진행될 건데, 거기 들어갈 IR보고서는 자기가 써 봐."

이사회 및 무역투자회의가 이제 곧 열릴 것이고, 투자분석팀에는 투자자들이 볼 수 있도록 IR(investor relations) 보고서를 작성해야 하는 업무가 있었다.

주주와 이사들을 이해시키고 회사채발행 및 투자금 확충을 이어 나가기 위해서는 IR, 즉 투자관계 설명이 반드시 필요했다.

한데 여기에 들어가는 자료를 준비하고 보고서를 작성하는 일을 전부 한결에게 떠넘기겠다는 것이었다.

여기에 마감시한은 한술 더 떴다.

"마감시한 이틀이야. 일주일 뒤에 투자회의 열리는 거 알고 있지? 그 전까지 검수해서 부장님께 결재 올려야 하니까 모레까지 준비해."

"…이틀이요?"

"왜? 너무 길어? 하루로 줄여 줘?"

"아, 아닙니다."

그야말로 죽으라는 소리나 다름이 없었다. 이 일에만 올인해도 불가능한 미션인데, 더욱이 한결은 팀의 잡무까지 해야 하는 막내였다.

ㅡ악랄한 놈일세! 네가 보고서를 그럭저럭 잘 쓴다고 생각하니까 아주 찌꺼기까지 쥐어짜 내려는 거잖아.

'보고서를 너무 튀게 썼나?'

ㅡ튀어야 살지 인마! 그럼 이도 저도 아닌 보고서 몇 장 툭 내밀고 적당히 욕 처먹으면서 살아야 하겠냐? 그런 인생은 너무 재미없지 않아?

'흠!'

−그나저나 쟤는 널 왜 저렇게 싫어하는 거냐? 혹시 주식 추천해 줬다가 물리기라도 했어?

'아니요.'

−그럼 뭔데?

'뭐, 반쯤 낙하산 인사니까 아니꼬운 게 아닐까요?'

어찌 되었건 부여된 업무이니 어떻게든 해내야 한다.

문제는 시간이었다.

여덟 권이면 하루 종일 매달려도 일주일은 족히 걸릴 양이었다.

눈앞이 막막해졌다.

그런 한결에게 차상식이 속삭였다.

−내가 보고서 대신 써 줄까?

'귀신이 어떻게 보고서를 써요?'

−내가 불러 주면 너는 그대로 적기만 하면 되잖아.

'아니, 그래도 뭘 어떻게….'

−인마, 내가 누구였지?

'사기꾼 아저씨요.'

−그거 말고! 짜샤, 내가 이래 뵈도 생전에 HMN 회장 아니었냐.

'어? 그러고 보니 그랬었네?'

−내가 뒤통수를 맞았다지만, HMN은 내가 키운 회사잖냐. 그놈들 입맛은 내가 잘 알지. 내 입맛이나 저놈들 입맛

이나 거기서 거기 아니겠냐?

'그렇겠죠?'

―대신 조건이 하나 있어.

조건이라는 단어에 한결은 인상을 와락 구겼다.

'역시나… 또 뭔 소리를 하려고요!'

―하! 새끼 표정하고는. 아무튼, 일단 좀 들어 봐.

'뭔데요?'

―내가 준 코인, 그 2억으로 내게 주식을 배워. 어때? 나쁘지 않은 조건이지?

'네? 아니, 굳이 왜요? 내가 주식 배워서 아저씨한테 좋을 게 뭐가 있다고?'

―나 성불시키기 싫어? 네가 주식을 배우고 투자를 익혀야 HMN을 되찾을 거 아냐!

틀린 말은 아니지만, 문제는 저 사기꾼 귀신을 아직 100% 신뢰할 수 없다는 점이었다.

게다가 HMN을 되찾는다는 목표 자체가 현실성이 없는 망상이나 다름없었다.

그런 한결의 속생각을 읽었는지 차상식이 추가설명을 얹었다.

―너더러 당장 복수를 해 달라는 게 아냐. 그냥 배워만 보라고. 될 만한 떡잎인지 아닌지 너 스스로 생각하고 판단할 수 있는 기회만 만들어 보자는 거야.

이러면 납득할 수 있다.

'…이야, 진짜 말은 엄청 잘하네요. 하긴 그러니 사기를 치고 다녔지.'

—어때? 이 조건이면 나쁘지 않지?

이틀 안에 보고서 여덟 권이라는 불가능한 미션을 눈앞에 두고 있다.

그야말로 고양이 손이라도 빌려야 할 판인데, 사기꾼이긴 해도 업계에서 전설을 찍었던 귀신이 도와주겠다고 한다.

조건도 자신에게 이득인 일이었다.

한결은 차상식의 제안에 응했다.

'콜! 대신 이번 보고서 작성 건이 끝나고 별 탈 없이 넘어가면, 그때 해보는 걸로 하자고요.'

—너 한 입으로 두말하기 없기다!

'그나저나 어떤 방식으로 작업을 해요? 말이야 쉽지, 한 사람은 불러 주고 한 사람은 보고서를 작성하는 방식이 이해가 잘 안 가는데?'

—모니터가 두 개… 아니, 세 개쯤 필요해. 그럼 내가 자료를 읽어 나가면서 정리해서 내용을 불러 줄 테니, 넌 타이핑만 해.

'그걸로 돼요?'

—그것만 해 놔. 나머지는 내가 알아서 할게.

§ § §

타타타타타타타타타타.

늦은 밤까지 불이 꺼지지 않은 IX인터내셔널 5층에는 홀로 남은 한결이 신들린 사람처럼 키보드를 두드리고 있었다.

데스크탑 PC에는 듀얼 모니터를 설치했고, 태블릿은 거치대에 얹어 놨기에 한결은 노트북에서 작업을 해야 했다.

-…자금의 불안전성을 상쇄할 수 있는 포트폴리오의 구성은 다음과 같습니다.

"이게 진짜로 되네?"

-짜샤! 지금 집중하고 있는 거 안 보여?

"넵!"

40페이지짜리 보고서 두 권을 작성하는 데 불과 세 시간밖에 걸리지 않았다. 그것도 투자자들이 고개를 끄덕일 만한 단어로 가득 찬 보고서였다.

-으음…………. 쯧! 계산기 좀 띄워 봐.

"계산기는 왜요?"

-자료에 들어갈 숫자들은 계산을 해야 할 거 아니야.

"그건 걱정하실 필요 없어요. 숫자만 찍어 주면 내가 알아서 암산해 넣을게요."

-아, 네 대가리 자체가 계산기던가?

"에이, 진짜! 대가리가 뭡니까, 대가리가."

―아무튼 간에 얼른 계산해서 넣어. 시간 없어!

투자관계를 보고하는 일이니 만큼 압도적인 숫자들이 그야말로 울렁증을 일으킬 정도로 빽빽하게 들어찼다.

하지만 한결은 그 많은 숫자들을 더하고, 빼고, 나누고, 곱해서 간단하게 그래프화했다.

지켜보는 귀신이 혀를 내두를 정도의 암산과 연산능력이었다.

"어우! 5분만 쉬어요!"

그렇게 여섯 시간을 내리 일한 한결은 5분간 휴식을 선언하며 기지개를 켰다.

"으갸갸갸… 이거 못 할 짓이네. 어우 씨."

―넌 인마, 나한테 고마워해야 해. 귀신인 내가 도와줘도 이 정도인데, 너 혼자 했으면… 어휴!

"아, 뭐… 보고서 건은 정말 고맙긴 해요."

―어라? 어쩐 일로 감사 인사를?

"그렇지만 그래서 더 이해가 안 되네요. 도대체 왜 그런 뛰어난 머리로……."

한국을 뒤흔든 엄청난 사건이었다. 얼마나 심각했는지, 경찰에서는 한강 다리 주변에 순찰인력을 배치했을 정도였다.

하지만 차상식은 더 이상 스스로를 변호하지 않았다.

-쯧! 진실은 언젠가는 밝혀지게 되어 있어.

"흠."

-아무튼, 적당히 쉬었으면 다시 일하자. 이러다가 늦겠어.

"아직 5분도 채 안 쉬었는데요?"

-어, 5분? 그 정도면 많이 쉬었네! 얼른 자리해! 내가 젊었을 때는 하루에 세 시간씩 자면서 연중무휴로 일했어. 이 정도면 편한 거지! 얼른, 움직여! 얼른!

"끄응… 노인네가 진짜! 아우! 가요, 가!"

부지런히 움직이는 자만이 성과를 낼 수 있는 법.

쉴 틈이 없다. 해야 할 일이 아직도 산더미처럼 남아 있다.

§ § §

보고서 작성이 벌써 이틀째 이어지고 있었다.

세 시간 쪽잠을 청하고 다시 일어나 꼭두새벽부터 키보드를 두드리고 있자니 정신이 멍해지고 손목에는 마비증상마저 나타나는 것 같았다.

"…어우! 손목이 뻐근하네."

-잠깐 쉬었다가 할까?

"아니요, 그냥 하죠, 시간도 별로 없는데. 그리고 지금

막 삘 받았단 말이에요."

-삘? 아, 필.

한결은 보고서를 쓰면 쓸수록 차상식을 다시 보게 되었다.

그는 재무, 회계, 투자, 심지어는 경영에 대한 직접적인 자료들까지 폭넓게 아우르는 대단한 실력자였다.

이 보고서라면 깐깐하기론 천하제일인 HMN이라도 고개를 끄덕이며 승인을 하지 않을 수 없을 것이다.

게다가 보고서를 쓰면서 뭔가 묘한 느낌이 들었다.

처음에는 그저 차상식이 말하는 대로 키보드를 두들겼을 뿐이지만, 지금은 그가 하는 말과 보고서를 구성하는 과정과 전개가 어느 정도는 이해가 되기 시작했다.

뭔가 느낌이 왔달까?

지금 이 느낌을 잃고 싶지 않았다.

하지만 차상식은 한결이 손목을 문지르고 있는 모습을 놓치지 않았다.

-그나저나 너는 왜 1차까지만 봤냐?

"뭐요? CPA요?"

-기왕이면 2차까지 봤으면 좋았잖아.

한결은 키보드를 두드리던 손을 잠깐 멈추었다.

그리곤 머리를 휘휘 젓더니 한숨을 쉬며 천장을 올려다보았다.

"…다섯 번 낙방해서요."

—낙방?

"1차는 쉽게 합격인데, 이상하게 2차에서는 잘 안 되더라고요."

—허! 그렇다고 포기해? 고작 다섯 번 떨어졌다고?

"집안사정이 갑자기 안 좋아졌어요. 대출 끼고 아파트를 샀는데 갑자기 가격이 폭락하잖아요? 그런데 설상가상으로 부모님이 동시에 직장을 잃으셨어요. 그런 상황에선 도전 자체가 민폐였거든요."

—그런 사연이 있었군.

한창 신도시 아파트 거품이 꼈을 때 덥석 신축아파트를 샀다가 아파트 가격이 3억 넘게 떨어지는 바람에 한결의 집안은 가세마저 기울고 말았다.

여전히 갚을 대출이 남아 있고, 이자에 허리가 휠 지경이다.

"…아무튼, 다행히 취직은 했으니까요. 그럼 됐지, 뭐."

하지만 한결은 밝게 웃었다. 웃으려 했다.

그런 한결을 바라보며 고민하던 차상식이 뭔가 결심했다는 듯이 말했다.

—음… 일단 당분간 계속 보고서 작업을 하자.

"안 그래도 계속하고 있잖아요?"

—아니, 붙박이로 계속 보고서만 쓰겠다고 하라고. 투자

부서에서 제일 귀찮고 힘든 일이 IR보고서 작성 아니냐? 그거, 네가 다 하겠다고 선언해 버려.

"허! 이 아저씨가 지금 나더러 과로로 죽으라는 거예요?"

—그런 뜻이 아니야. 속성으로 CPA 과외를 받으라는 거지.

"네? 과외요?"

—넌 인마, 다 좋은데 고집이 너무 세고 생각이 근시안적이야. 생각보다 통찰력은 좋은데 그걸 활용 못 하고 있어. 게다가 고집을 세우려면 제대로 밀어붙여야지, 그런 성격에 줏대가 없을 때도 있어.

"와! 제대로 뼈를 때리네."

얼마나 봤다고 팩트로 폭행을 하는 귀신을 한결은 질린 표정으로 바라보았다.

하지만 차상식은 아랑곳하지 않았다.

—그런 성격을 고칠 수는 없겠지. 하지만 업무에서라든지 실전에서 그런 성격을 배제할 방법 정도는 배울 수 있지 않겠어?

"그게 가능할까요?"

—가능할지 불가능할지는 네가 하기에 따라 달라지지 않겠냐? 기왕 해야 할 일, 문서노동을 하며 자기계발까지 하면 그게 바로 일석이조(一石二鳥)지.

"와! 진짜 말로는 도저히 못 당하겠네."

—배워, 이런 것까지 모조리. 언젠가는 다 쓸모가 있어.

인정하고 싶지는 않지만 한결은 차상식의 말이 전부 일리가 있고 정답이라는 것을 부정할 수가 없었다.

"그럼 언제부터 시작하는 건데요?"

─그거? 지금도 하고 있어. 너 말이야, 내가 불러 주는 보고서를 계속 타이핑하고 있잖아? 그러면서 뭐 느끼는 거 없었어?

"아… 있긴 했죠."

─그 느낌, 심화과정으로 가지고 간다. 이번 일 끝나고 2차 시험 기출문제 한번 풀어 봐. 결과가 어떤지.

"음!"

단순히 사기행각이 의심된다고 해서 무시할 말들이 아니었다.

한결은 이 순간, 한 가지 결심을 했다.

'아무리 수상해 보여도 일단 배울 건 배우고 의심하자!'

아무리 사기꾼이라도, 차상식이 가진 실력은 진짜였다.

진짜를 받아들인다는 것은, 설령 그 안에 리스크가 숨어 있다고 하더라도 감수할 가치가 있다.

제3장
미쳐 버린 신입

약속한 이틀이 지났다.

한결은 여덟 권의 보고서를 들고 강윤석을 찾아갔다.

강 팀장은 믿을 수 없다는 눈으로 한결을 바라보았다.

"…이틀 동안 퇴근도 하지 않았다더니, 정말로 다 해 왔네?"

"결재 부탁드립니다."

보고서를 살피던 강 팀장은 말을 잇지 못했다. 설마하니 이걸 다 해 올 줄은 몰랐다는 표정이랄까.

그 모습을 본 차상식이 혀를 찬다.

─저 새끼, 너를 맥이려고 그랬던 거네. 해 오면 좋고, 못 해 와도 상관없고. 그냥 막 굴리려던 거였어.

'뭐, 어쨌든 해냈으니까 우리가 이긴 거잖아요?'

―어이구, 속도 좋다.

한결은 넋이 나간 채 보고서를 읽어 나가는 강윤석을 불렀다.

"팀장님?"

"어? 어, 그래…."

"제가 연장 야근을 해서 그런데 옷 좀 갈아입고 와도 될까요?"

"…그러든지. 아니다, 오늘은 그대로 퇴근해."

"감사합니다!"

이젠 한결을 갈굴 건덕지도 없을 것이다. 워낙 일을 완벽하게 해냈으니까.

돌아서려는 한결을 강윤석이 불렀다.

"…저기."

"넵!"

"더 필요한 건 없어?"

"아… 없습니다만,?"

"그래, 가 봐. 고생했어."

반쪽짜리 낙하산이라고 무시하던 태도가 약간 달라졌다는 것이 느껴진다.

한결은 그런 강윤석을 뒤로한 채 회사를 나왔다.

그리곤 회사에서 꽤 멀어질 때까지 걸어가 지하철 계단을 내려가면서 탭댄스를 췄다.

"예스! 아우! 그 새끼 당황한 표정을 보니 속이 다 시원하네!"

시종일관 순혈주의자 티를 팍팍 내며 갈궈 대던 강윤석이 합죽이가 되니 척추가 짜르르해지는 카타르시스가 느껴졌다.

이제 함부로 지잡대 출신이네 뭐네 하며 꼬투리를 잡지는 못할 것이었다.

낮시간이라 사람이 별로 없는 지하철에 올라탄 한결은 태블릿PC를 열어 지난 CPA 2차 기출문제를 풀었다.

[주식회사 한강정유는 다양한 파생상품을 활용하여 원유 가격 인상과 환율상승에 대한 헤지전략을 수립하려고 한다. 원유선도, 선물환, 통화옵션에 대한 정보가 아래와 같을 때 물음에 답하시오.]

문제는 3개월 뒤에 10만 배럴의 원유를 구입 예정이며 현물 가격은 배럴당 40달러, 3월 만기 선도가격은 배럴당 45달러라고 써 있다.

그밖에 풋옵션 가격과 환율, 계약단위 위험이자 이율 등이 적혀 있고, 이를 바탕으로 물음에 답하면 되는 것이다.

물음 1은 원유 선도거래를 이용해서 변동을 헤지하려고 하니 매입 또는 매도할 선도계약을 구하라는 것이었다.

"헤지 종료시점과 선물옵션만기일은 같은 것이니 필요하다면 10만 배럴을 샀다가 선도가격을 구하면 되는 건가?"

문제를 보자 연산이 되기 시작한다.

여기까진 이전과 같았다.

하지만 순간 생각이 한 번 꺾이는 것을 느꼈다.

"…하지만 선물이나 옵션은 시장에서 정한 거지, 계약하면서 임의로 정하는 게 아니니까. 그럼 청산시점에 반대매매 형태로 진행이 되겠네? 그렇다면 여기서 옳은 답은 100계약, 450만 달러가 되겠군. 그럼 선물환이랑 총비용 계산은…."

문제를 낸 출제자의 의도까지 읽었다.

확실히 며칠 전과는 달리 두뇌회전이 완전히 달라져 있었다.

─정답이네?

"이게 되네?"

─근데 아직 갈 길이 멀어. 내가 봤을 때 최소한 한 달은 공부해야 2차에 붙을까 말까야.

"…고작 한 달 해서 2차에 붙을 수 있다고요? 하긴 이 정도라면야…."

만약 최상식을 겪어 보지 않았다면 말도 안 되는 소리라며 길길이 날뛰었을지도 모른다.

하나 이제는 안다.

차상식이라는 귀신(?)의 능력은 한결이 생각하는 것 그 이상이었다.

인정할 수밖에 없었다.

지이이잉!

집으로 향하는 길에 전화가 걸려 왔다.

어머니였다.

"네, 엄마!"

-한결아, 바쁘니?

"아니요! 일 끝나고 집에 들어가서 쉬려고 해요."

무려 25년 동안이나 중소기업 경리과장으로 일하면서 아버지와 함께 가정을 건사해 오신 강인한 어머니다.

한결은 그런 어머니를 늘 존경했다.

한데 오늘은 어쩐지 목소리가 좀 무거워 보인다.

"무슨 일 있어요? 목소리가 별로 안 좋아 보이는데?"

-도대체 얼마나 바쁘면 사흘 전에 맡겨 놨던 반찬을 아직도 안 가져갔어?

"아참! 내 정신 좀 봐라. 아이고, 내가 요즘 정신이 하나도 없네!"

셋방살이하는 건물 1층에 있는 편의점에는 한결의 모친이 가끔 반찬을 맡겨 놓곤 하셨는데, 요즘에는 통 바빠서 아예 집에 들어갈 틈도 없었다.

어머니는 그만큼 바쁜 아들이 안쓰러운 것이다.

-미안해, 아들…. 엄마 아빠가 그때 선택을 잘못하는 바람에 아들까지 고생이네.

"뭐, 그런 소리를 해요?"

-미안해, 정말….

아파트 투자 건이 실패했을 때, 한결의 부모님은 온 세상이 무너지는 듯한 기분을 느꼈다고 했다.

가난한 집에서 태어나 박봉인 군인 월급에 중소기업을 다니면서 한 푼 두 푼 알뜰하게 모았던 부부는 아들에게만큼은 더 나은 환경에서 살게 해 주고 싶었다.

하지만 현실은 그리 녹록지 않았던 것이다.

"아무튼, 반찬 잘 먹을게요!"

-그래, 아들. 조만간 집에 한 번 와. 알겠지?

"넵!"

전화를 끊은 한결은 한참을 걸음을 떼지 못했다.

차상식은 그런 한결을 굳이 위로하지 않았다.

그 대신 한 발자국 앞으로 더 나아갈 수 있도록 등을 떠밀어 주었다.

-가자. 약속대로 투자를 배워야지. 그러려면 일단 푹 자라. 체력을 비축하고 정신을 맑게 해야지.

"…그래요, 갑시다! 투자, 제대로 한번 배워 보자고요!"

때론 한 통의 전화가 인생을 바꾸기도 한다.

바로 지금처럼 말이다.

'…지금보다 더 나은 삶? 굳이 부모님이 주실 필요 있나? 내가 만들면 되는 거지!'

§ § §

한숨 푹 자고 일찌감치 일어난 한결은 출근준비를 했다. 그러는 동안에도 차상식의 투자 강의는 이어졌다.

-현재 환율이 어떻게 되냐?

"달러당 1,300원이 좀 안 돼요."

-아마 국제적으로도 달러화가 제법 올라간 상황이겠지?

"네, 아무래도요."

-지금 전 세계는 기나긴 긴축의 터널을 지나고 있어. 이 터널을 지날 때쯤이면 물가는 안정되고 달러화 가치는 서서히 내려가겠지. 투자자는 이런 주변의 상황을 최대한 적극적으로 이용할 줄 알아야 해.

"상황에 맞춰 투자를 하는 게 아니라 상황을 이용하는 거라고요?"

-관점에 따라서 인생이 달라지는 법이야. 투자를 손실에만 맞춰서 운용하다 보면 절대 큰돈을 못 벌어.

"으음…."

-MTS 켜 봐.

모바일 트레이딩 시스템을 켠 한결은 주식과 채권 등을

거래할 수 있는 통합아이디로 로그인했다.

MTS에는 현재 시황이 어떤지, 그리고 어떤 종목들에 주로 관심이 쏠리는지 등을 알려 주고 있었다.

하지만 그것은 투자자에게는 논외의 문제였다.

-이제부터 MTS는 거래할 때만 켜는 걸로 해. 호재, 악재 따위는 더 이상 신경 쓰지 마.

"그럼 나 같은 개미는 어디서 정보를 얻나요?"

-인마! 개미라는 생각부터 버려!

"내가 개미가 아니면 뭔데요?"

-트레이더(Trader)! 돈을 걸고 돈을 딴다는 일반적인 생각부터 버리라는 거야! 투자는 감각으로 하는 것이지만, 그렇다고 도박은 아니야! 하루 이틀의 시황에 일희일비할 것 같으면 투자를 접는 게 나아! 알겠어?!

차상식은 일반인, 심지어는 보통의 트레이더들과도 생각하는 범주가 달랐다.

그는 모든 것을 기회 혹은 재료로 생각하며 리스크(risk)마저도 전략적으로 이용하는 인간이었던 것이다.

-지금부터 네가 할 일은 시황을 분석하고 거기에 맞게 시장이 흘러가는지 확인하는 거야. 분석만 잘한다고 끝이 아니야. 네 분석이 맞는지 검증하는 게 중요해.

"시황을 분석하는 것도 정보가 있어야 할 텐데요?"

-정보? 있잖아. 네가 하루 종일 틀어박혀서 쓰는 보고서

는 뭔데?

"아! 하지만 투자보고서를 쓰는 사람은 투자를 못 하게 되어 있지 않나요?"

—그건 애널리스트가 자사의 펀드나 파생상품에 투자하는 걸 말하는 거고. 너, 애널리스트야? 아니면 증권사 직원?

"그렇… 죠? 둘 다 아니죠?"

—정보를 얻는 데 수단과 방법을 가리지 마.

차상식은 한결에게 첫 번째 과제를 내주었다.

—지금부터 보고서를 쓰면서 시황에 대한 정보를 얻어 내. 그러다 보면 자연스럽게 정보통을 얻을 기회가 올 거야. 그럼 그 정보통들을 하나씩 관리하면서 문어발식으로 정보를 획득할 수 있게 되겠지.

"정보통이라…."

—노트 하나 꺼내 봐.

한결은 집에 있는 공책 중에서 적당한 것을 꺼내어 펼쳤다.

—이제부터 이 노트에 정보를 채워 나가는 거야. 단, 정보를 얻었다고 다가 아니야. 얻은 정보를 분류하고 정리하는 것이 중요해.

"아! 마치 장부(帳簿)를 기록하듯이요?"

—맞다. 모친께서 경리부장을 지내셨다고 했던가? 그럼 뭐, 어렵지 않겠네.

장부는 한결에게 너무나도 익숙한 물건이었다.

한결은 공책에 선을 긋고 칸을 나누기 시작했다.

그러는 동안 차상식은 한결에게 할 일을 알려 주었다.

–정보를 모으기 전에 일단 코인부터 현금화해. 그리고 그걸 환거래 계좌에 넣어.

"환거래요?"

–대학에서 배웠겠지? 전형적인 투자방식에 대해서 말이야. 우리는 이제 그걸 현장에서 실습할 거야.

"아!"

–이제부터 너는 수습 GP가 된다고 생각하고 움직여. 나도 실제로 그렇게 너를 굴릴 테니까.

"넵!"

–그나저나 배울 때는 군말이 없네?

한결은 피식 웃으며 답했다.

"배울 때마저 반항적이면 애초에 배울 마음이 없다는 뜻 아닌가요?"

–…좋아, 그런 마음가짐, 마음에 들어.

아마 두 사람(?)의 뜻이 통한 것은 처음일 것이다.

귀신으로서 차상식이 한결을 만난 후로 한 번도 뜻이 통한 적이 없지 않았던가.

순간 차상식의 얼굴이 환해졌고 온종일 찌뿌둥하던 한결의 몸이 가벼워지기 시작했다.

"어, 몸이 가뿐하네?"

─가뿐해? 그럼 출근해! 뭉개고 있지 말고!

"안 그래도 갈 거거든요!"

어쩐지 두뇌회전도 빨라지고 감도 더 날카로워지는 것 같은 느낌이 든다.

도대체 무슨 원리인지는 몰라도 한결은 이 느낌이 나쁘지 않았다.

§ § §

출근도장을 찍은 한결은 강 팀장에게 뜻밖의 선언을 했다.

"…뭐? 보고서 붙박이?"

"앞으로 보고서는 제가 작성하겠습니다! 맡겨만 주십시오!"

강 팀장을 비롯한 팀원들이 보고서 작성을 꺼리는 이유가 있었다.

회사의 정보를 취합해서 보고서로 엮는 일은 대학을 졸업하고 이 회사에서 1년 이상 일했으면 누구나 할 수 있는 일이다.

문제는 그 자료를 취합하는 과정이다.

보고서에 들어갈 자료는 영어로 된 것들이 많았고, 때로는 일본어니 중국어니 심지어는 태국어에 아랍어로 된 경우도것들도 있다.

그런 자료를 하나하나 일일이 번역하고 해석해서 보고서에 첨부하는 일련의 과정은 그야말로 중노동이다.

강 팀장 역시 보고서 작성을 죽기보다 싫어했고, 실제로 그가 가장 취약한 업무이기도 했다.

당연히 귀가 솔깃해질 수밖에 없었다.

하물며 한결은 보고서 작성능력을 증명해 내지 않았는가.

"자료만 넘겨주신다면 제가 보고서는 책임지고 작성해 놓겠습니다!"

"흐음…."

팀원들은 한결의 폭탄선언에 지지를 보내 주기 시작했다.

자기들 업무량이 획기적으로 줄어드는데 반대할 이유가 없었다.

"그래요, 팀장님! 이참에 막내한테 보고서를 다 밀어주시죠! 막내도 인사고과에서 좋은 점수 좀 받아 봐야지요!"

"나쁘지 않긴 한데, 그럼 잡무는 누가 하나?"

"저희들이 하나둘 쪼개서 하겠습니다!"

지금까지 온갖 쓰레기 같은 잡무를 모조리 떠넘기다시피 했던 선배들이 마치 시종을 자처하겠다는 듯이 손을 들고 나섰다.

강 팀장도 이쯤 되니 못 이기는 척 보고서를 한결에게 짬 처리(?)시키는 데 동의했다.

"그래, 그럼 신한결 씨가 보고서 전담해."

"감사합니다!"

"대신 보고서를 개판으로 써 오면 그대로 해고 각 잡을 줄 알아. 알겠어?"

"네!"

드디어 마음 놓고 정보수집도 하고 CPA 공부도 할 수 있 게 되었다.

절로 쾌재가 터져 나왔다.

'예스!!'

그런 한결의 뒤로 뭔가 검은 그림자가 드리워졌다.

혹시나 하는 마음에 뒤를 돌아보니 압도적인 존재감을 가진 사람이 서 있었다.

"자네가 신한결 사원?"

"헉! 부장님!"

자원개발부장 윤지명이 어쩐 일로 산하부서를 찾아온 것 이다.

그는 한결의 어깨를 두드렸다.

"고생이 많아."

"아, 아닙니다!"

"앞으로도 우리 강 팀장을 잘 보필해 줘."

"넵!"

이윽고 윤지명은 강 팀장에게 두툼한 서류뭉치를 건네주었다.

[이사회 결과보고서]

"덕분에 잘 끝났어."

"…감사합니다."

"앞으로도 이렇게만 하라고."

윤지명은 그렇게 돌아섰고, 강 팀장은 굳어진 것처럼 한동안 같은 자세로 서 있었다.

그러던 그가 한결에게 물었다.

"신한결 씨, 오늘 업무 끝나고 뭐 해?"

"어어… 자료실에서 보고서 자료 취합을…….."

"됐고, 끝나고 술이나 한잔해."

"술이요? 갑자기…….."

"명령이야."

한결은 윤 부장과 강 팀장 사이에서 뭔가 미묘하게 기분 나쁜 기류가 흐른다는 것을 직감했다.

아마도 한결을 술자리로 부른 건 그 때문일 것이었다.

§ § §

회사생활에서 업무보다 더 힘든 게 회식이었다.

평소에 상사 비위 맞추는 것도 죽을 맛인데 술자리에까지 나와서 시중을 들자니 여간 힘들고 불편한 게 아니다.

심지어 오늘은 강 팀장과 맨투맨으로 만났다.

정갈한 회 한 상이 차려진 고급 일식집에서 마주한 강 팀장은 한결에게 따뜻한 사케를 따라 주었다.

"고생 많았어. 보고서 여덟 권이 전부 통과되다니, 솔직히 좀 놀랐어."

"그저 할 일을 했을 뿐입니다!"

"그나저나 도대체 어떻게 한 거야? 천하의 HMN을 녹여 낼 정도의 보고서라니. 그건 단순히 자료취합만으로는 될 게 아닌데?"

보통 투자보고서 여덟 권을 이사회에 제출하면 절반 이상은 그대로 튕겨 나가는 것이 일반적이었다.

거기에 깐깐한 투자고문까지 섞여 있으니 한두 개만 통과해도 박수를 받을 수 있다.

그런 투자보고서 여덟 권을 모두 통과시켰다는 것은 자랑하기에 충분한 업적이었다.

'확실히 아저씨의 보고서가 제대로 먹히긴 했나 봐요.'

─당연하지, 인마. HMN의 근간은 내가 만들었다니까?

저놈들이 저리 깐깐해 보여도 의외로 허술한 구석이 많아.

'그나저나 이 인간을 도대체 어디까지 맞춰 줘야 하는 걸까요?'

─뭔가 목적이 있겠지. 무슨 제안을 하든지 간에 적당히 맞춰 주고 흘려 버려. 어떤 것이든 좋은 꼴은 못 볼 거야. 내 촉이 그래.

따라 준 술을 한 모금 넘긴 한결은 비어 있는 강 팀장의 술잔도 채워 주었다.

"제가 한잔 드리겠습니다!"

"그래, 한잔 따라 봐."

술을 채우고 다시 자리에 앉은 한결에게 강 팀장이 뜻밖의 얘기를 해 왔다.

"그… 있잖아, 한결 씨, 내가 자기한테 특별 보너스를 좀 줄까 하는데 말이야."

"보너스요?"

"지금 한결 씨 연봉이 얼마나 되지?"

"4,700 정도 됩니다."

"아직 5천이 채 안 되네? 대졸에 석사도 없으니까. 그렇지?"

"네, 뭐…….."

한결의 동기들은 초봉 5천에 입사했으나 한결은 특별채용으로 연봉협상에서 300만 원이 삭감되었다.

스펙이 달리는 한결에게는 이 정도도 감지덕지였으나 확실히 동기들에 비해 대우가 다르긴 했다.

"이렇게 해서는 동기들 발바닥 핥기조차 힘들지. 안 그래? 이래서 언제 대리 달고 과장 달고 하겠어?"

"…그래도 깡으로 열심히 하고 있습니다!"

"그래, 내가 자기 열심히 하는 건 잘 알고 있지. 하지만 말이야, 그래선 살아남기 힘들어. 자기도 주머니 하나쯤은 차야 이 힘든 회사생활을 이겨 낼 거 아니야? 그치?"

"예? 갑자기 그게 무슨……."

강 팀장은 한결에게 '로웰 투자신탁'이라는 명함을 건네주었다. 명함에는 파트너 회계법인인 '정가회계법인'의 이름도 박혀 있었다.

"로웰 투자신탁이라고, 내가 거래하는 펀드운용사야. 정가회계법인은 자기도 잘 알지? 한국 5대 회계법인."

"네, 뭐…. 그런데 이걸 왜 주시는 겁니까?"

"이 회사 평균수익률이 얼마안 줄 알아? 15%야. 자기도 잘 알겠지만, 투자업계에서 이 정도 수익률을 내는 회사는 거의 없어."

"어….."

"로웰 투자신탁은 50인 이하 사모펀드로 굴러가. 공모펀드 자체가 없는 회사라는 뜻이지. 그 말이 무슨 뜻이냐? 최소 20억 이상의 총알을 가진 개인들을 비밀리에 멤버십으로 모집해서 자기들끼리만 희소 주식을 굴려 나눠 먹는다는 거야."

"그런데 저와 이 펀드가 무슨 연관이 있다는 것인지 모르겠습니다만."

"연봉 5천도 안 되는 자기를 내가 로웰의 정회원으로 꽂아 주겠다는 거야."

사모펀드의 종류는 엄청나게 많다. 비록 그 역사가 아주 길지는 않으나 단시간에 가장 크게 번성한 투자세력의 유형을 꼽으라면 당연히 사모펀드가 꼽힐 것이다.

만약 강 팀장의 말이 사실이라면 한결은 비밀투자모임에 초대를 받은 셈이다. 그것도 운용자산이 1,000억 이상의 펀드에.

"기관을 대상으로 하는 사모펀드 말고 개인으로 모집하는 자본이 이만큼 모이는 펀드도 드물어. 자기는 정말 운 좋게 나를 만난 거야. 어때? 내가 끌어 줄 테니까 투자 한 번 해볼래? 연 10% 수익이면 월급 한 번 더 받는 거잖아. 안 그래?"

언뜻 듣기엔 엄청 좋은 제안이긴 했다.

하지만 한결은 우선 대답을 미루기로 했다. 도대체 이 사람이 왜 이런 제안을 한 것인지 아직 알 수 없기 때문이다.

"제가 가진 돈이 별로 없습니다. 이런 투자제안은 정말 감사합니다만, 솔직히 부담이 되어서요."

"부담? 그런 건 가질 필요 없어. 자기는 자투리 돈만 투자해. 수익은 펀드에서 알아서 보증해 줄 테니까."

"그런데 차장님, 갑자기 이런 제안을 하시는 이유가 궁금합니다. 저는 아직 하바리에 불과한데요."

강 팀장은 피식 웃음을 지었다.

"내 사람 챙기는 게 뭐 이상한 일이야?"

"그건 아닙니다만… 다른 선배들이 저보다 일도 더 잘하고 돈도 더 많을 텐데요. 정말 감사하게도 제게 이런 특별 대우를 해 주시는 게 좋기는 한데, 제 분수에는 맞지 않은 것 같아서요."

방금 전까지만 해도 환하게 웃던 강 팀장이 별안간 표정을 굳혔다. 뭔가 생각보다 일이 잘 안 풀린다는 듯한 얼굴이다.

"생각보다 깐깐하네?"

"그렇다기보다는……."

"좋아, 그럼 자기한테는 진실부터 말해 줄게. 우리가 말이야, 앞으로 한배를 탔으면 하는 마음에서 자기한테 보너스를 돌리려는 거야."

"한배요? 우리는 지금도 한 팀에서 근무하고 있잖습니까."

"아니, 그런 배 말고. 이제 우리도 슬슬 투자부서에서 빠져 회사의 핵심부서로 올라가야 할 거 아니야? 언제까지 저놈의 윤지명 부장의 줄만 잡고 있을 건데?"

"아!"

강 팀장은 자리를 옮겨 한결의 곁으로 다가왔다.

그는 한결의 어깨에 손을 척 걸치더니 나지막한 목소리
로 말했다.

"자기야, 나한테 좋은 방법이 하나 있어. 투자본부장 직
속으로 보고서 한 통만 제대로 넣으면 끝나는 간단한 일이
고."

"예?"

"이번에 자원개발부에서 인베스트 메콩이랑 같이 밀고
있는 사업이 하나 있어. 한국으로 모래를 퍼다 나르는 사
업인데 샌드 익스프레스라고, 혹시 알아? 호앗느 그룹이랑
합작으로 진행하는데 말이야."

"아니요, 들어 본 적 없습니다."

"이제 곧 발족할 프로젝트인데, 이게 투자본부 입장에서
는 HMN의 간섭을 뿌리치고 엄청난 수익률을 올려 줄 새
로운 캐시카우를 만드는 일이거든. 그런데 윤지명 부장이
우리 투자분석 3팀의 보고서가 올라가는 족족 지가 취합한
것처럼 굴고 있단 말이야. 이번 주주총회에서도 마찬가지
였고."

윤지명뿐만이 아니었다. 회사에서 상사가 부하의 공을
가로채는 일은 비일비재한 일이고, 심지어 IX인터는 그게

거의 관행처럼 내려오고 있었다.

한데 강윤석이 그것을 뒤집어 버리겠다는 것이었다.

-이 새끼… 위험한 놈이었네.

'젠장, 어쩐지 술자리를 갖자고 했을 때부터 좀 불안하다 싶기는 했어.'

-조심해라. 잘못 엮이면 하극상으로 엿 되는 수가 있다.

보고체계를 어기는 것은 명백한 잘못이다. 잘못하면 정말 하극상으로 엮일 수도 있는 일이었다.

한결은 일단 대답을 미루기로 했다.

"그… 일단 보고서부터 작성하겠습니다."

"그래! 투자본부장 눈을 확 돌게 할 만큼 잘 써서 가져와 봐. 내가 어떻게든 엮어서 상부로 올려줄게. 자기랑 나랑 둘이 이 지긋지긋한 투자본부에서 빠져나가는 거야. 어때?"

"…우선 보고서부터 쓰겠습니다."

"음! 하긴 너무 갑작스러운 제안이긴 하지. 하지만 말이야, 내 말 명심해. 자기도 이대로 있다간 부장한테 단물 다 빨리고 씹다 버린 껌 신세가 될 수도 있어."

어쩐지 한결은 강윤석이라는 인간과는 친하게 지내면 안 될 것 같다는 느낌이 들었다.

아무리 생각해 봐도 자신을 이용해 먹으려는 느낌밖에는 들지 않았으니까.

한데 차상식의 생각은 달랐다.

-아니다. 받아, 저 제안.

'네? 뭘 받아요?'

-너를 이용해 먹으려고 하고 있잖아. 받아 줘.

'이 아저씨가 왜 이래? 아저씨, 뭐 잘못 먹었어요? 스스로 호랑이 아가리 속으로 대가리를 들이밀라고요?'

-그러지 않으면 어떻게 빠져나갈 건데?

'절연해야죠!'

-팀장을 절연해? 그러고도 회사생활이 될 것 같냐?

'어…….'

-넌 인마, 호랑이 굴에 잡혀 왔는데 무작정 도망칠 생각만 하고 있잖아. 잘하면 호랑이를 길들일 수도 있는 기회인데, 왜 자꾸 되지도 않는 궁리만 하고 있는 거야?

'길들여요? 누구를? 강 팀장을?'

-네가 등을 보이는 순간, 그대로 발톱을 휘두를 거야. 그럼 그대로 네 회사생활은 끝이고.

'젠장!'

-이대로 돌아서면 적이야. 하지만 품으면 아군이 되는 거지.

'그럼 저 인간을 아군으로 품으라는 건가요?'

차상식은 고개를 가로저었다.

-아니, 노예로 만들어야지.

'노예로 만들다뇨? 저 미친놈을?'

-지금이 아니면 절대 불가능한 일이야. 어때, 한번 해볼래?

'…이 아저씨가 진짜 미친 건가?'

-내가 장담하건대, 내 말 들어서 나쁠 거 없을 거다. 아니, 오히려 네 스펙을 높이는 계기가 되겠지.

'끄응…….'

어차피 도망칠 곳도 없다.

한결은 잠시 생각하더니 이내 고개를 끄덕였다.

"…차장님을 따르겠습니다."

"그래! 역시 한결 씨! 이래서 내가 한결 씨를 좋아하는 거야. 한 번 해병은?"

"영원한 해병!"

"그래, 좋아! 2차도 내가 쏠 테니까 나가자. 이러지 말고 좋은 데서 한잔 더 하는 거야!"

한결은 생각했다.

어차피 죽을 거, 이래 죽으나 저래 죽으나 죽는 건 마찬가지가 아닌가 하고 말이다.

'그래, 해보자! 까짓거 잘리면 말지, 뭐!'

§ § §

다음 날 아침.

출근도장을 찍고 보고서 작성에 여념이 없는 한결에게

강 팀장이 다가왔다.

"에헤이, 후배님! 아침부터 뭘 그렇게 빡세게 구르고 있어? 나가서 커피 한 잔 사 와. 나간 김에 바람도 좀 쐬고!"

"예? 저는 괜찮……."

"어허, 괜찮아! 나가서 한 30분쯤 바람이나 쐬고 들어와!"

갑자기 대우가 달라졌다. 심지어 한결을 부려먹던 못된 팥쥐들까지도 팀장의 눈치를 보느라 한결에게 잘해 주기 시작했다.

"한결 씨! 참고자료 잘 정리해서 파일에 넣어 놨어! 이따가 열어 봐."

"…감사합니다!"

"아참, 그리고 점심에는 뭐 먹을래? 제육? 돈까스?"

"어… 주문은 제가……."

"아니야, 괜찮아! 아무튼, 뭘로 할래?"

"어… 음… 제육으로 하겠습니다!"

"오케이, 그럼 제육으로 통일!"

부서이동 후, 콩쥐 생활 3개월 만에 도대체 이게 무슨 일인가 싶을 정도였다.

그 모습에 만족스럽다는 듯이 웃는 차상식.

-낄낄낄! 그래, 바로 이거지!

'이게 맞나 싶은데. 아저씨, 이래도 정말 괜찮을까요?'

-괜찮아, 괜찮아. 이게 바로 올바르게 된 사무실이지. 인마, 내가 사내정치만 몇 년인데. 저어어언혀 신경 쓸 것 없어.

　'아니, 아저씨가 HMN에서 털려난 게 사내정치에서 밀려서 그랬던 거라면서요. 아저씨 말을 믿어도 되는 거예요?

　-얌마, 그건 사내정치가 아니라 사기였고! 아무튼, 지금 네겐 이게 최선이야.

　'끄응······.'

　-네 일만 잘하면 되니까 신경 쓰덜 말어.

　'그나저나 진짜 이 일을 어떻게 마무리하려는 거예요? 아니, 그 전에 이게 수습이 되는 상황이긴 한 건가?'

　-너, 내가 이런 선택을 한 이유에 대해 깊이 생각해 본 적 있어?

　'갑자기 그게 무슨 말이에요?'

　-뭔 소리고 하니, 보험이 될 만한 건수가 있으니까 이런다는 거야.

　'보험··· 요?'

제4장
낚싯줄

사내에 있는 자료란 자료는 모두 끌어와서 분석하기 시
작한 한결은 자료들의 편린에서 한 가지 특이점이 보이기
시작했다. 얼마 전부터 차상식이 누차 얘기하고 있던 보험,
바로 GP의 금융부실이었다.

　[호앗느 그룹 재무상황 진단표]
　[…고금리 회사채발행 숫자 : 51% 증가]
　[신용도 조사 : 1단계 하향조정]
　[유보율 : 41% 상승]

　"징조가 안 좋네요. 호앗느 그룹에서 발행하는 회사채의
양이 늘어나고 있잖아요."

—그뿐만이 아니지. 호앗느 그룹이 왜 저렇게 자금모집에 혈안이 되어 있느냐가 중요한 거야. 모래라는 매력적인 건자재를 앞에 세워 놓고 지금 폭탄 돌리기를 하고 있거든.

"흠! 그런데도 불구하고 한국으로 모래를 수출하기 위한 개발자금을 모집하고 있다고요?"

한결은 이번 투자 건도 뭔가 좀 이상하다는 것을 느낄 수 있었다.

날카로워진 감은 호앗느 그룹이 연이어 돈을 불태워 없애려는 모종의 시도를 하고 있다는 경고를 날렸다.

"뭔가 앞뒤가 안 맞아요. 저 상황에서 여유자금을 늘리는 선택을 한 것도 그렇고, 고금리 회사채를 발행하고 신용도까지 낮아지는 상황에 처했는데도 IX인터에서는 투자를 하겠다고 프로젝트를 발족한 것도 웃기고."

—아마도 투자본부장의 입맛을 맞춰 보겠다고 그 아랫것들이 신나게 밑구멍을 핥고 있는 것이겠지. 하지만 네가 말한 것처럼 이번 프로젝트는 투자회의를 통과하지 못할 가능성이 커. 왜냐? HMN이라는 까탈스러운 투자고문이 버티고 있잖아.

"그럼 강 팀장이 굳이 나를 기용해서 위로 올라가겠다고 한 이유는 HMN을 설득시키기 위해서?"

—그렇지 않겠어?

"으음……."

—하지만 우리의 포커스는 그런 뻔한 곳에 있지 않아. 상

황을 조금 더 유리하게 이끌어 나가야 해.

"GP인 호앗느 그룹의 부실을 이유로요?"

—그렇지!

"하지만 어디 그게 쉬운가요?"

—당연히 어렵지. 하지만 조건만 갖춰진다면 제대로 된 한 방이 나와 줄 수 있어.

"어떻게요?"

—프로젝트를 엎어 버려.

"네? 프로젝트를 엎어요? 그러다가 투자본부장 눈 밖에 나면요?"

—물론 약간의 연출이 필요할 거야. 자! 잘 들어 봐. 프로젝트를 엎을 수밖에 없는 상황을 만들어 놓고, 네가 그 대안을 제시한다면 어떻게 되겠냐?

"주목을… 받게 되겠죠?"

—거기까지 끌고 나가는 것에 성공한다면 강윤석은 네 노예가 될 거다. 왜냐고? 모든 스포트라이트는 네가 받게 될 테고, 그놈이 아득바득 위로 올라가려면 너라는 동아줄을 잡아야 하니까.

"아!"

차상식의 설명은 마치 체스를 두는 것과 같았다.

상대의 수를 간파하는 것은 물론, 나의 행동까지도 미끼로 삼아 한 박자 앞서 나가고, 이를 기반으로 상대의 선택

권을 하나하나 도려내어 외통수로 몰아가는 것이다.

－자, 우리의 전략은 이렇다. 그럼 어떻게 움직여야겠어?

"호앗느 그룹의 금융부실을 조금 더 타이트하게 조사해야겠죠."

－잘 아는군.

"그런데 호앗느 그룹에서 우리 마음처럼 자료를 내어 줄까요?"

한결의 말에 차상식은 피식 웃었다.

－어이구, 이 미련한 놈아, 호앗느 그룹을 턴다고 뭐가 나올 것 같냐?

"엥? 그럼요?"

－최근 베트남은 영국과의 금융관계가 긴밀해졌어. 영국 쪽을 털어 봐. 아마 건질 게 제법 있을 거야. 손대면 빡 하고 느낌이 올걸? 어떻게 하냐 하면……

"…이번엔 내가 한번 해볼게요! 나도 그쪽으로는 인맥이 있거든요."

－오호?

§ § §

한결은 상하이 소재의 다국적 금융사 'HBSC'의 한국지부에서 일하는 대학 동기 김유철과의 약속을 잡았다.

약속장소는 일전에 강 팀장과 한잔했던 일식집이다.

"거참, 바쁜 사람을 왜 자꾸 오라 가라야?"

"우리 얼굴 본 지도 오래됐잖냐. 간만에 한잔하자는 거지."

"뭐냐? 설마 보험사로 옮겼냐?"

"아냐."

"아니면 폰팔이?"

"…한잔해라."

차상식은 김유철을 보며 혀를 찼다.

─CPA랑 또 뭐, 금융자격증 몇 개 있다고 했던가? 고작 그 정도로 저리 거만하게 구는 거야? 괜찮겠냐? 턴다고 털어놓을 주둥이가 아닌데, 저건?

'주둥이가 뭡니까, 주둥이가. 그래도 대학 동기인데 정보 조금은 건질 수 있지 않겠어요?'

─대학 동기만큼 가벼운 사이도 없더라~.

'…초치지 마세요, 김 세니까.'

─그건 그렇고~ 딱 보니까 돈놀이 좋아하게 생긴 싸가지구나~.

'코인에 미쳤다는 얘기는 들었는데…. 뭐, 아무튼 조용히 좀 해요!'

차상식은 한결이 먼저 나서서 정보를 수집하겠다는 적극성을 보이는 것이 기꺼웠지만, 불러낸 놈이나 한결이 하는 꼴을 보니 절로 한숨이 나왔다.

─저놈은 아닌 것 같아. 탈이 그래 봬!

'아, 쫌!'

표정이 와락 일그러진 한결을 보며 김유철은 고개를 갸웃거린다.

마치 '네가 감히 인상을 써?' 하는 듯한 표정이었다.

"우리 한결이가 요즘 잘나가시나 봐? 표정관리가 안 되네."

"…으, 응? 아니야! 표정관리라니, 내가 그럴 일이 뭐 있겠냐? 하하…."

"그래? 난 또, 폰팔이 얘기 좀 했다고 기분 상했나 싶었지."

확실히 김유철은 싸가지가 없다. 5대 독자로 태어나 집안에서 워낙 오냐오냐 자라서 그렇다는데, 한결이 보기엔 그냥 인간 자체가 좀 덜 성숙해 보였다.

하지만 정보를 캐내려면 그 싸가지를 감수해야 한다.

"그… 요즘 동남아시아 쪽 투자는 좀 어때?"

"투자? 우리야 상업은행인데 투자랑은 무슨 상관이 있겠냐?"

"그런가?"

"왜, 투자 쪽에서 금융계 간 좀 보고 오라디? 그럴 거면 차라리 비즈니스 클럽을 찾아. 어차피 나는 쥐어짜 봤자 꿀

한 방울도 안 떨어진다."

-큭큭큭! 내 저럴 줄 알았지!

차상식은 사람 보는 눈이 정확한 것으로 유명했다. 3년 전 폰지사건이 터지기 전까지만 해도 그는 용인술(用人術)의 대가로 불렸었다.

차상식이 픽업한 사람들은 지금도 금융, 투자업계에서 거물로 불리고 있으며 한때는 '차 라인'이라는 말이 생겨났을 정도로 그 조직력이 탄탄했었다.

-사람 보는 눈도 길러야겠구나. 저런 새끼는 조력자가 아냐. 노비로 쓰는 거지.

'노비요?'

-저 새끼를 노비로 부릴 수 있는 카드를 줄 테니까 실습해 봐. 아마 한 방에 넘어올걸?

'그게 뭔데요?'

-대신 약속 하나만 해. 오늘만은 내가 뭘 시켜도 투덜거리지 않겠다고.

'으음......'

-처음부터 잘하는 사람은 없어. 오늘은 수업을 받는다고 생각해. 그리고 방법이 문제였던 거지, 네가 호구 새끼 하나 잘 잡아 왔어. 그 정도면 절반은 한 거야.

'알겠어요, 그렇게 할게요.'

한결은 자신의 주체성을 자꾸 확인하고 싶은 것이었을

뿐, 차상식의 능력까지 의심하는 건 아니었다. 지난 며칠간 차상식은 확실하게 능력을 증명했다.

곧바로 경청하는 자세가 되었다.

'방법이 뭔데요?'

―저 새끼 코인 한다고 했지?

'한 1억 날렸다고 했던가?'

―오늘이 며칠이지?

'27일이요.'

―오호! 마침 시기도 딱 좋네. 혹시 너 리프 코인이라고 들어봤냐?

'그게 뭔데요?'

―자, 잘 들어 봐…….

§ § §

한결이 혼자서 심각한 표정이 되자 김유철은 짜증 난다는 듯이 젓가락을 내려놓았다.

탁!

"아, 거! 술맛 떨어져서 못 앉아 있겠네. 사람 불러 놓고 아까부터 똥 씹은 표정 할래?"

"…야, 김유철, 너 요즘도 코인 하냐?"

"뭐?"

"코인 말이야, 하냐고."

"갑자기 그게 무슨 말이야? 다짜고짜 코인을 하냐니? 그리고 요즘에 코인 안 하는 인간도 있어?"

한결의 입꼬리가 올라갔다.

역시 그럴 줄 알았다는 듯, 마치 한 수 아래의 사람을 내려다보는 듯한 표정이었다.

"그치?"

김유철은 인상을 와락 구겼다.

"…이 새끼가 사람을 간 보네? 갑자기 표정이 영 마음에 안 든다?"

"아, 뭐… 나도 네가 요즘 코인 때문에 힘들어한다는 소식을 들어서 동창으로서 조금이나마 도움을 좀 주려고 했는데, 싫다면 할 수 없지."

순간 김유철의 눈이 건기에 먹이를 발견한 아프리카의 굶주린 치타처럼 번뜩였다.

"…뭔데? 혹시 좋은 정보라도 있어?"

"뭐, 있기는 한데… 아직 뭐라 얘기할 정도는 아니고……."

갑작스럽게 불타오르던 김유철의 표정이 게슴츠레 변하며 슬쩍 몸을 뺐다.

"쯧! 됐다. 네가 가진 정보래 봐야 뭐 얼마나 대단하려고."

"허허, 짜샤, 내가 지금 투자 쪽에 있잖냐. 그러니까… 아니다. 넌 상업 쪽이니 얘기가 안 통하겠구나."

방금 전 김유철은 가슴 속에 '희망'이라는 씨앗이 심어졌다. 다만, 대학 때부터 호구로 여기던 한결이 정보랍시고 흔들어 대니 신뢰성이 떨어진 것이었다.

　하지만 이런 상황에서 한결이 발을 빼니, '진짜로 뭔가 있는 건가?' 하는 의심이 뇌를 지배하기 시작했다.

　"…진짜야?"

　"이 새끼가 속고만 살았나? 됐다. 난 그만 길린다."

　"아, 잠깐! 미안! 내가 미안해! 잠깐만!"

　한결이 자리에서 일어나려 하자 분위기가 반전되었다.

　거들먹거리던 김유철은 온데간데없이 사라졌다.

　이제야 이야기를 할 분위기가 만들어졌다 여긴 한결은 피식 웃으며 물었다.

　"폰에 코인 MTS 깔아 놨지?"

　"그건… 왜?"

　"원투코인 거래소 한번 봐봐. 지금쯤 원투코인 분위기 개판일걸?"

　수많은 거래소 중에서 굳이 '원투코인'이라는 거래소를 지목한 한결의 말에 김유철은 마른 침을 삼켰다.

　"…개판이지. 나도 거기 투자했으니까."

　"아마 5분 만에 지수가 3.5포인트 정도 떨어졌을걸? 확인해 봐."

　뭔가에 홀린 듯, 김유철은 한결의 말에 따라 MTS를 열어 지수를 확인했다.

　김유철의 동공이 점점 확장되기 시작했다.

　"…어?"

　"어때, 진짜 떨어졌냐?"

[원투코인 암호화폐 지수]

[323P(3.5%▼)]

진짜로 떨어졌다고?

　한결도 화들짝 놀랐지만, 그 감정은 표정 밖으로 내비치지 않았다.

　"…어떻게 안 거야?"

　"그… 험험! 누가 그러더라. 지금 이 시간이면 3.5포인트 정도 떨어질 거라고."

　"그걸 어떻게 알았대?"

　"다 방법이 있지. 투자업계에 있는데, 이 정도야, 뭐."

　"…너는 무역 쪽이잖아."

　"무역 쪽은 돈 안 돌아? 아, 지금이다! 1.5포인트 더 떨어졌을걸?"

　포인트를 확인해 보는 김유철의 눈이 부릅떠졌다.

　"헉!"

　"…어때? 떨어졌어?

[원투코인 암호화폐 지수]
[321.5P(1.5%▼)]

"또 떨어졌어!"

"우와, 진짜 떨어졌네?"

"엉? 그게 무슨 소리야?"

"아니야, 아무것도."

불과 30초 만에 1.5포인트가 떨어졌다.

김유철의 표정이 시시각각 변하는 것도 무리는 아니었다.

한결의 한 마디 한 마디에 휘둘리기 시작한 김유철의 이마에는 어느새 식은땀이 송골송골 맺히기 시작했다.

심장이 벌렁거리는 김유철에게 한결이 잔을 내밀었다. 그것도 한껏 거들먹거리는 표정으로.

"유철아, 잔이 비었다?"

"…으, 응! 어, 미안."

단 1분 만에 갑과 을의 관계가 완전히 역전되었다.

§ § §

방금 전까지만 해도 한결이 절절맸지만, 이제는 김유철이 한결의 발밑에 떨어진 부스러기라도 주워 먹으려 바닥을 기는 형국이 되었다.

잔을 받은 한결은 여유로운 미소와 함께 물었다.

"요즘 코인판이 어지럽지?"

"…네가 더 잘 알잖아. 일진일퇴. 아주 초 단위로 틱이 오르내리는데, 죽을 맛이지, 뭐."

"만약 내가 당장 내일 아침까지 35% 수익을 내주면 어떻게 할래?"

"35%?"

"내가 원하는 거 하나는 들어줄 수 있겠어?"

"35%? 하루 만에?!"

한결은 거듭 물어 오는 유철을 짜증 난다는 듯이 바라보았다.

"쯧! 사람이 말을 하는데 못 알아먹냐. 에이, 술맛 버렸다. 오늘은 여까지만 하자. 네 말대로 비즈니스 클럽이나 가 봐야겠다."

"…자, 잠깐! 하, 한결아! 우리 친구끼리 왜 이러냐?! 응?! 잠깐만. 잠깐만 얘기 좀 하자!"

"이야, 김유철이가 이런 모습도 보이네."

"흐흐흐, 친구 사이에 못 보일 모습이 뭐가 있겠냐. 자자, 한잔해. 쭈욱!"

인간의 본성을 보려면 주식을, 인간의 밑바닥을 보려면 코인을 하라는 얘기가 있다.

무언가에 중독된 인간의 뇌는 마약을 흡입하는 약쟁이들과 비슷한 반응을 보인다는 연구결과가 있듯, 코인에 중독

된 사람들의 뇌는 이미 돌이킬 수 없는 구조로 변해 있는 것이다.

지금의 김유철처럼.

"내가 찍어 주는 종목에 딱 35%. 재미 볼 때까지만 돈 묶어 두는 거야. 할 수 있어?"

"35%? 왜 하필이면 35%야?"

"돈 벌어 주겠다는데, 질문이 필요해?"

꿀꺽!

견물생심(見物生心)이라고. 김유철은 이미 돈 벌 생각에 눈에 뵈는 것이 없었다.

"할게…. 네가 하라는 대로 할게."

"35%야. 내가 원하는 타이밍에 팔아야 해. 네가 원하는 타이밍 따위는 없어. 명심해."

"물론이지!"

"그리고 또 하나. 코인은 이번만 하고 그만 손 떼. 1억 날린 거 복구하면 되는 거잖아. 안 그래?"

"으, 응! 알겠어!"

말을 하는 한결도 이 말을 들을 것이라 여기진 않았다.

차라리 주정뱅이가 술을 끊지.

역시나 김유철은 공수표를 날렸다.

1억 원이 마이너스 된 시점에서 이미 눈에 뵈는 것은 아무것도 없었다.

"그런데 나는 뭘 해 주는 되는 건데?"

"두 가지야. 한 가지는 내일 매각 타이밍까지 입 닥치고 있어 주는 것, 그리고 다른 한 가지는 베트남 호앗느 그룹의 금융계열사들에 대한 비공식 재무정보를 가져다주는 것."

"…비공식?"

"네가 아는 선에서 최대한 깊숙이 파고드는 거야. 할 수 있겠어?"

김유철은 환하게 웃으며 두 손으로 한결의 손을 잡았다.

"물론이지!"

§ § §

그날 밤, 방구석에 틀어박힌 김유철은 모니터에서 시선을 떼질 못했다.

"…아이씨, 자꾸 떨어지는데? 이 새끼 이거 제대로 된 정보를 준 게 맞는 거야?"

새빨개진 눈, 초점이 흐려진 눈동자. 그야말로 폐인이 따로 없었다.

김유철은 전세보증금 2억에 쓸 수 있는 돈은 죄다 끌어다가 3억짜리 레버리지에 걸었다.

사회초년생을 이제 막 벗어난 시점임을 생각한다면 거의 인생을 건 도박에 가까운 베팅이었다.

"3억에 35%면 1억이 넘어…. 이 새끼, 구라치는 건 아니겠지?! 아니야, 아까도 맞췄어. 코인지수 말이야!"

코인거래소는 거래하는 사람만 있으면 장은 언제든지 열린다. 특히나 원투코인 같이 국제표준규격이라든지 실명인증거래 체계가 없는 경우에는 더더욱 그러했다.

물어뜯은 손톱이 다 닳아 없어지려는 찰나였다.

[리프 코인]
[현재가 : 3,431원(5%)▲]

"…어?"

떴다. 말 그대로 잠들어 있던 잠룡이 깨어나듯, 리프 코인이 상승세를 타기 시작한 것이다.

김유철은 마치 모니터 속으로 들어가기라고 하려는 듯 달라붙었다.

[리프 코인]
[현재가 : 3,671원(7%)▲]

"오, 올랐다! 또 올랐어! 어, 어어!"

코인을 하면서 초반 15% 이윤을 챙긴 이후, 김유철은 처음으로 코인판에서 돈이라는 것을 따 보았다. 한마디로 날

아갈 것 같은 기분에 휩싸이게 된 것이었다.

리프 코인의 시작가는 3,260원에서 3,671원으로 무려 12%나 올랐다. 이 정도 상승세라면 오늘 안에 두 배 따상도 가능할 것 같았다.

"도, 돈을… 더!"

할 수만 있다면 장기(臟器)라도 저당 잡혀 돈을 쏟아붓고 싶었다.

하지만 사회초년생에게 더 이상의 레버리지는 불가능했다.

[리프 코인]
[현재가 : 4,038원(10%)▲]

"아, 씨발! 도, 돈! 돈이 있어야 하는데?!"

김유철이 서서히 미쳐 가는 바로 그때였다.

[리프 코인]
[현재가 : 3,671원(10%)▼]

"헉! 가격이 갑자기 빠져? 그것도 10%나?"

가격이 계속해서 올라가더니 이내 10%, 그다음에는 다시 원점으로 돌아왔다.

한마디로 코인 가격이 롤러코스터를 타기 시작한 것이었다.

"젠장! 이게 말이 되나? 이건 뭐, 세력이 끼어든 것도 아니고, 반발매수를 하는 것도 아니고… 그래프가 왜 미쳐서 날뛰냐고!!"

사람들이 흔히 착각하는 것이 있다. 공중을 부유하는 듯, 형체가 없는 돈을 상장이랍시고 해 놓고 지수를 건드려 가며 돈을 버는 판에 캔들이고 그래프고 차트고 소용이 있을까?

땡!

—매도예약 5분 전입니다.

"씨발! 5분 전이라고?!"

코인시장에서 5분이면 나라도 뒤집힐 시간이다. 시간이라는 것은 상대적인 것이니까. 하물며 코인에 미쳐 있는 사람이라면 천지가 개벽하고도 남는다.

"…시간이 계속 가잖아! 왜 안 오르냐고! 으아아악!"

차트는 계속해서 미미한 진동만을 울려 대고 있었다.

그러던 어느 순간, 가격이 불쑥 올라가기 시작한다.

[리프 코인]
[현재가 : 3,671원(7%)▲]

"어? 올랐다!"

처음에는 7%, 그다음부터 5%씩 계속 오르더니 돌연 35%의 가격상승을 만들어 버렸다.

[리프 코인]

[현재가 : 4,401원(35%)▲]

[7시 정각, 코인을 매도합니다]

[주문체결!]

지금 코인은 한창 상승장이라서 매도주문을 걸어 놓기만 하면 곧바로 거래가 체결되었다. 심지어 웃돈을 얹어서라도 사겠다는 매수자들이 쏟아져 나오고 있었다.

순간 김유철은 온몸에 힘이 빠져나가는 것을 느꼈다.

축 늘어진 채 아무것도 할 수가 없었다.

"…이 새끼, 뭐야? 신이라도 들린 거야?"

평소 같았으면 당장 있는 돈을 죄다 긁어 와서 재투자했을 것이다.

하지만 넋이 나가 버려서 그런 생각조차 들지 않았다.

§　§　§

다음 날 아침.

코인거래소 '원투코인'이 모니터링에 들어간다면서 일시적 입출금 금지를 시작했다. 리프 코인의 가격 급상승으로 인해 제재를 건다는 것이었다. 그러더니 아침 7시부로 아예 리프 코인이 상장 폐지되어 버렸다.

한 방에 돈을 긁어모은 리프 코인이 먼지가 되어 사라져 버린 것이었다.

"…와! 이게 되네?"

-리프 코인이 말이야, 원래 문제가 많았었거든. 코인은 투기판이야. 옛날 미국 사모펀드들이 정크본드 굴려서 서민들 등골 빼먹었던 것처럼, 코인거래소 만들어서 도박판 벌이는 투기꾼들이 사방 도처에 널려 있다는 소리지.

"미친놈들 많네요. 이런 판에 투자랍시고 돈을 넣는 사람이 있다고요?"

-맞아. 타짜 앞에서 고스톱을 치는 것이나 마찬가지야. 타짜 앞에서 어설프게 손기술을 쓰다 걸리면 손모가지가 잘려. 그렇다고 자연빵으로 치면 개털 되고. 어떻게 해서든지 간에 빨래질을 당하게 되어 있잖아? 코인도 마찬가지야. 그냥 도박판에 돈을 가져다 바치는 꼴이라고. 그런 건 투자라고 할 수가 없어. 차라리 라스베이거스에서 돈을 잃으면 대우라도 받지.

"…하지만 그걸 만든 사람들도 결국에는 사모펀드잖아요. 아저씨 같은 사람들."

-맞아, 부정은 안 하마. 그러나 사모펀드라는 건 양날의 검이라는 걸 알아야 해. 나는 사모펀드의 순기능을 보고 이 업계에 발을 담갔지만, 올바르게 펀드를 운용한다는 것이 쉽지 않아. 결국에는 코인거래소 같은 미친 투기판을 만들

기도 하지만, 그 힘을 좋은 곳에 사용하면 기업들을 올바른 곳으로 이끌어 줄 수도 있겠지.

"으음."

한결은 차상식이라는 사람이 사기꾼일 수도 있다는 일말의 의심을 여전히 지우지 못하고 있었다.

하지만 적어도 한 가지는 알 수 있었다.

나쁜 사람, 아니 귀신은 아닌 것 같았다.

날카롭게 벼려진 촉이 말해 주고 있었다.

차상식은 최소한 인간쓰레기는 아니라고.

─아무튼 간에 저 호랑말코 같은 놈이 자료를 준댔으니까 소기의 목적은 달성했네.

안 그래도 김유철은 5분에 한 번씩 전화를 해서 자료를 찾았다고 보고해 왔다.

일은 잘 풀렸으나 여전히 석연치 않은 구석이 있었다.

"이건 진짜로 궁금해서 그러는 건데요. 리프 코인이 사라질지는 어떻게 아셨어요?"

─리프 코인이 원래 원투코인에서 만든 거거든. 원투코인은 OP파트너스에서 만든 거고. 예전에 OP파트너스에서 HMN에게 코인거래소 제작 제안을 했을 때 보고서에서 봤어. 리프코인을 이렇게 팔아서 돈 좀 만질 거라고.

"…그걸 그렇게 대놓고 떠벌린다고요?"

─사모펀드는 자극에 민감해. 먹을 게 없으면 절대 움직

이지 않아.

"그래서 저런 사기극까지 준비해서 온다고요? 그럼 보통의 사모펀드들은 그걸 덥석 물고?"

－물론 대놓고 제품명까지 거론하는 미친놈들은 없어. 하지만 짬밥을 먹다 보면 자연스럽게 알게 돼. 뭐가 어떤 건지, 어떤 걸로 공사를 칠 것인지.

믿기 힘든 일이었다. 사모펀드 판이 더러울 것이라고 예상은 했지만, 상상을 초월하는 현실에 현기증이 날 지경이었다.

"…이렇게 들으니 뭔가 좀 사기 같기도 하고."

－아, 그놈, 진짜! 내가 싱가포르 선물시장에 있었을 때 말이지, 닉 리슨이라는 놈이 대형사고를 쳤거든? 내가 그것까지 예언했다는 거 아니냐! 대한민국의 노스트라다무스. 그런 별명이 있었다고, 내가! 너는 인마, 이런 대단한 사람이랑 일하고 있는 거야!

"뭐, 사기꾼만 아니라면 그런 생각이 들 만도 하겠죠."

－젠장, 내가 말을 말아야지….

루틴처럼 한차례 티격태격한 한결은 문득 떠오르는 생각에 눈을 동그랗게 뜨고 차상식을 바라보았다.

"아니, 잠깐. 그렇다는 건 아저씨는 리프 코인 측에서 보냈던 자료들을 하나부터 열까지 다 외우고 있었다는 거잖아요?"

–당연하지.

"…뭐야, 괴물이에요?"

–괴물? 그렇다 치면, 너는?

"저요?"

–A4용지 40장짜리 분량의 보고서에 나온 숫자를 보자마자 외우는 너는 정상이냐?

"…그런가?"

–생각해 봐. 저런 기획서, A4용지로 몇 장이나 나올 것 같냐?

당황스럽지만 세상에는 천재들이 존재한다. 차상식도 그중 한 명이었을 뿐이다.

그리고 차상식이 보기에 한결 역시 본인만 인식하지 못할 뿐, 그 영역에 발을 들이고 있었다.

"그나저나 허무하네요. A4용지 몇 장 안 되는 분량 때문에 사람이 여럿 죽었을 거잖아요."

–아쉽지만 지금 우리로선 어쩔 도리가 없어. 그러니 앞으로 네가 투자할 때 이런 부분을 잘 생각하면서 움직여야 해. 따는 놈이 있으면 반드시 잃는 놈도 있다는 거, 명심해라.

"따는 놈이 있으면 잃는 놈도 있다……."

한결은 차상식을 따라다니면서 참으로 많은 것을 배운다고 느꼈다.

단순한 지식이 아니라 그 너머의 것까지.

바로 그때쯤, 한 통의 메시지가 도착했다.

지이이잉!

"톡 왔다!"

그 내용을 확인해 보는 한결의 눈이 점점 휘둥그레지기 시작한다.

[⋯호앗느 인베스트먼트 99999번 계좌 현황 : −132,213,010달러(US/D)]

"⋯진짜네?!"

−빙고!

과거 닉 리슨이 그러했듯, 호앗느 캐피털도 손실계좌를 굴리고 있었다. 투자에서 손실을 입으면 이곳에 손실을 숨기고 이익금만 장부에 기입해서 신용도를 올리고 있던 것이었다.

다만, 문제는 호앗느 캐피털만 이런 것이 아니라 호앗느 그룹의 계열사 전반이 다 이렇다는 점이었다.

"아니, 이 정도면 그냥⋯⋯."

−내가 그랬잖냐, 사업을 접는 게 나을 것 같다고.

"⋯귀신이네요, 진짜."

−맞잖아, 귀신. 그럼 내가 귀신이지 사람이냐?

"이 정도면 보험이 아니라 제대로 찌를 수 있겠는데요."

─자, 그럼 이제 이 칼로 뭘 어떻게 해 볼래?

한결은 고민에 빠졌다.

다 좋은데 뭔가 강력한 한 방이 아쉽다는 느낌이 든 것이다.

"아저씨가 그랬었죠? 연출이 중요하다고."

─그랬지.

"그게 좀 아쉬운데……."

차상식은 뿌듯하다는 듯이 웃었다.

─크흐흐! 좋아, 아주 좋아. 그래, 맞아. 판을 짜는 것도 중요하지만 연출도 중요한 법이지.

"뭔가 좋은 방법이……."

차상식이 웃자 한결의 감이 한결 더 날카로워진다.

"…있을 것도 같은데?"

─응? 갑자기 그런 생각이 들어?

"귀인… 이라고 하기엔 좀 그런데, 그런 사람이 찾아올 것 같은 느낌이 드네요."

─이놈, 돗자리 펴려는 건 아니지?

"아니에요, 그런 거!"

바로 그때였다.

늦은 오후, 회사를 나서는 한결 앞에 뜻밖의 인물이 나타났다.

"한결아!"

"아, 깜짝이야! 양유진?"

금융회사 대진은행에 다니는 대학 동기 양유진이 한결을 찾아왔다.

너무나도 뜬금없는 그녀의 방문에 한결은 깜짝 놀라 가방을 놓칠 뻔했다.

–정확하네. 너 인마, 무당 된다고 나까지 퇴마하면 곤란하다?

'아… 그런데 앤 귀인이 아닌데…….'

–귀인이 아니면 뭔데?

'빈대요.'

–빈대?

'여왕벌을 가장한 빈대라고나 할까요?'

차상식은 한결의 얘기를 듣더니 피식 웃었다.

–이참에 양봉도 하면 되겠네!

'딱히 끌리지는 않는데.'

제5장
양봉업자

한결은 뜬금없이 자신을 찾아온 양유진을 보며 심드렁하게 말했다.

　"뭐야? 연락도 없이."

　"어머, 얘! 같은 여의도에 있는데, 너무 내외하고 사는 거 아니니? 섭섭하다, 증말!"

　"…갑자기 왜 이래? 평소에는 톡 한번 없다가?"

　"이히히! 동기끼리 쌀쌀맞게 이러기야? 안 보는 사이에 새침데기 다 됐나 보다, 얘!"

　양유진은 청양고추 아가씨 출신의 미인이고, 나름대로는 고향에서 알아주는 재원으로 통한다.

　다만, 생긴 것과는 다르게 푼수기가 있으나, 겉과 속이 약간 다른 듯한 이중적인 면도 있었다.

'한 2년 정도 연락이 없었던 것 같은데?'

그나저나 연락도 없던 양유진이 도대체 뭣 때문에 한결을 찾아왔을까?

"뭔데? 뭐, 또 뜯어먹을 것이 있어서?"

"얘! 얼마 전에 김유철이랑 만났다며? 너어는! 딱 봐도 좋은 얘기 주고받은 것 같던데, 그러기 있어? 응?! 대학 동기들 중에 같은 여의도에 있는 사람은 딱 우리뿐인데 말이야. 나, 이러면 서운해?"

"⋯김유철이 뭐라는데?"

"딱히 뭐라곤 안 했는데, 네 칭찬을 입이 닳도록 하더라? 그 천하의 싸가지 김유철이 누구 칭찬하는 거 봤어?"

"이 새끼가 쓸데없이⋯⋯."

"뭐 있는 거지? 그치? 응? 뭔데! 주식? 코인? 부동산?!"

자칭 고추 아가씨 출신의 여왕벌이 이렇게 말이 많은 줄은 몰랐다.

양유진이 랩이라도 하는 듯이 다다다다 쏘아 대자 한결은 새끼손가락으로 귓구멍을 벅벅 후비며 털어 냈다.

"찾아온 용건이 겨우 그런 이유라면 저는 이만 갑니다~."

"어머! 애 쌀쌀맞은 것 좀 봐! 알았어! 본론부터 얘기하면 되잖아! 얘는 동기끼리 만났으면 수다 좀 떨고 그러는 거지."

"우리가 그렇게 친한 사이는 아니었던 것 같아서 말이야."

"그… 실은 말이야, 요즘에 베트남 부동산으로 투자하는 거 있나 하고 찾아와 봤지!"

아마도 앞에 늘어놓았던 말들은 한결을 한번 떠보기 위해 떠벌린 것이 분명했다. 좋은 게 있으면 뜯어먹고, 아니면 본론으로 은근슬쩍 넘어가서 분위기를 전환하려는 것이었다.

−쟤 뭐냐? 생긴 건 약간 맹꽁이처럼 생겨선 하는 짓은 아주 여시때기네?

'대학 때부터 저랬어요. 신경 쓸 필요 없어요.'

−그나저나 예쁘긴 하네. 양봉도 좋은데 연애사업이 먼저 아니겠냐? 오늘 뭐, 불금? 올라잇? 롸잇 나우?!

'하여간 아저씨들이란……. 어휴! 아니거든요?'

한결은 양유진을 그다지 좋아하지는 않는다. 자신의 목적을 위해서라면 사돈에 팔촌도 팔아먹을 불여우이기 때문이다.

"베트남 부동산은 갑자기 왜 물어? 상은에 다니는 사람이?"

"있잖니, 친구야, 진급심사도 얼마 안 남았는데 베트남계 여신상환이 잘 안 되네? 아무래도 상부에서 상환압박이 들어오는데, 그렇다고 멀쩡하게 사업 하는 사람들을 한국으로 머리채 잡고 끌고 들어올 수는 없는 거잖아? 그치?!"

언뜻 들으면 기업가들을 걱정하는 것 같았지만, 결국에는 자기 실적을 위해서 안면에 철판을 깐 것이었다.

ㅡ이야, 빌드업 봐라! 아주 자유자재네. 인마, 너는 저런 여자를 만나야 해!

'아, 거 좀!!'

ㅡ새끼, 까칠하긴. 너 인마, 모쏠이지?

'…아니거든요!'

한결은 양유진이 여기까지 찾아온 것을 보고 은행에서 어딘가 일이 꼬여 버렸다는 것을 알 수 있었다.

"왜? 상부에서 많이 뭐라고 그래?"

"어머, 얘! 내가 얘기할 때 도대체 뭐 들었니? 그것들이 돈을 안 갚는다니까?"

"…왜 화를 내, 화통을 삶아 먹었나."

급하긴 급한 모양이었다. 빌드업을 하는 능력까지는 인정하겠는데, 너무 성급했다.

'저런데도 양봉을 치자고요? 그냥 버리는 게 낫지 않나?'

ㅡ조금 더 두고 보자. 간만에 재미있는 구경거리 생길 것 같아. 그리고 인마, 노비는 많을수록 좋은 법이야.

'흐음.'

한결은 차상식의 말처럼 일단 얘기를 끝까지 들어 보기

로 했다.

"화통 삶아 먹은 거 아니면 천천히 얘기해."

"크, 크흠! 아니야, 그런 거! 아무튼, 상환유예 신청도 아니고 그냥 배짱을 튕긴다고! 아예 돈이 없대. 없다는데 어째? 해외자산을 몰수하는 것도 거의 불가능한 마당에!"

해외진출 기업들을 상대로 여신을 해 주는 '해외여신담당본부'에서 일하는 그녀는 국가와 연계한 해외여신을 심사하고 자료를 조사하는 일을 한다.

물론 거의 대부분의 업무가 잡무에 불과했지만 반대로 여신상환이 불가능해지면 함께 총대를 메야 한다.

한마디로 총알받이 역할이라는 뜻이다.

"공산당은 살벌하네."

"그치! 아무튼 상황이 좀… 그래. 그래서 말인데, 혹시 너희 회사에서 투자한 회사들 중에 베트남에 진출했거나 베트남이랑 거래 튼 게 있어?"

"거래야 항상 트지. 베트남은 대한민국의 3대 교역국이잖아. 종합상사치고 베트남과 거래하지 않는 회사는 없을 걸?"

"그럼 좋은 건수 하나만 줘! 이러다가 딱 죽겠어!"

"아니, 내가 왜……."

–잠깐. 일단 받아.

순간 한결은 말을 맺지 못하고 잠깐 멈칫거렸다.

'받아? 뭘요?'

ㅡ딜에 콜부터 하라고. 은행권에 다닌다며. 한 놈은 영국계 금융, 한 놈은 동남아시아 차관은행. 딱이잖아?

'…다른 사람도 아니고 양유진을? 에이, 말도 안 되죠!'

ㅡ그럼 그 김 머시기는 말이 통해서 노비로 만들었냐? 걔 봐봐라. 지금 네가 죽으라고 하면 죽는 시늉이라도 할걸?

'어… 그런가?'

ㅡ원래 싸가지 없는 새끼들이 길들이기가 의외로 더 쉬워. 이것들은 니즈가 확실하거든!

잠시 머뭇거리는 한결을 보며 양유진이 배시시 미소를 짓는다.

"으히히! 왜? 이 누나가 너무 예뻐서 그래? 짜식, 보는 눈은 있어 가지구우! 응?! 그런데 데이트 신청은 접수번호 100번에서 대기표 뽑고 기다리셔야 하는데요? 오호호! 내가 좀 바빠서…."

"그래, 정보! 줄게."

"정말?!"

"대신에 조건이 하나 있어."

"뭐어?!"

거래를 제안하자 양유진의 안면이 와락 일그러진다.

지금까지 뭇 남성들에게 이런 식으로 미인계를 써서 정보를 쏙쏙 빼먹어 왔건만, 한결에게는 씨알도 안 먹혔기 때문이다.

"야! 뭔 정 없게 동기끼리 거래를 트냐? 우리 친구 아니었어?"

"친구였냐? 아닌데?"

"참나, 팍팍하긴! 너 여자한테 인기 없지? 그치?!"

"…그래서, 할 거야, 말 거야?"

발작버튼이라도 누른 것마냥 으르렁거리던 양유진이 이내 잠잠해졌다.

"쯧… 콜!"

"오케이!"

"대신 육체적인 관계라든지, 돈 달라든지, 뭐 그런…….""

"그런 거 절대 아니야! 네버! 그냥, 내가 원하는 정보를 원하는 시간에 가져다줘. 그게 내 조건이야."

"…그게 더 열 받네? 내가 뭐, 어때서?"

"아무튼, 그럼 가라. 며칠 있다가 연락할게."

"흥! 그러든지!"

쌩하게 돌아서는 그녀를 보며 차상식은 낄낄거리며 웃었다.

─맞네, 모쏠!

'아니라고요!'

돌아서던 그녀가 돌연 고개를 획 돌렸다.

"아참! 너, 미연이한테는 비밀이야!"

"…누구?"

"아니야, 못 들었으면 됐어!"

새침하게 돌아선 그녀는 그제야 길을 떠났다.

-그나저나 미연이는 또 누구냐?

'못 들은 걸로 하세요. 알면 골치만 아파져요.'

-이야, 모쏠 주제에 여자는 많네?

'아니라고요!!!'

§ § §

어쩌다 보니 노비 후보를 하나 더 점찍었다.

이제는 본격적인 이벤트를 해 볼 차례이다.

"어떻게 임팩트를 줘야 하나?"

-결국에는 HMN을 조금 흔들어 주는 게 좋아.

"보통 투자에서 제일 큰 권력을 쥐는 사람이 누구예요?"

-권력? 돈이지. GP가 아무리 잘나 봤자 돈 대 주는 LP가 없으면 말짱 꽝 아니겠냐.

"그럼 HMN은 어떤 식으로 투자평가를 하고 자금을 끌어 오는데요?

-유치팀장 밑에는 자금동원책들이 있는데, 주로 파트너 회계법인과 소통해. HMN은 회계법인에서 주로 투자금을 끌어 와.

"회계법인? 그게 가능해요?"

–나도 나중에 알게 된 건데, 언젠가부터 HMN에서 파트너 회계법인을 비공식적으로 인수해서 투자컨설팅을 받고 있었더라고. 그리고 비공개 컨설팅을 통해서 암묵적으로 통용되는 돈을 만들어서 수혈하는 거지.

"그건 그냥 조직적 자금세탁 아닌가요?"

–…내가 말했잖아, 나도 모르는 사이에 그렇게 되었다고.

"헐!"

–아무튼 간에 만약 실권자를 움직이려는 것이라면 조금 다른 방향으로 생각해 봐.

"다른 방향이라니요?"

–네가 실권자를 움직이려 정보를 발설하는 순간, 너는 그때부터 내부고발자가 되는 거야.

"어? 얘기가 그렇게 되는 건가?"

–그렇게 되는 거지. 그러니 이 방식은 기각. 다른 방법을 찾아.

"내부고발이 불가능하면… 제3의 세력을 끌어들이는 수밖에는 없는 것 아닌가요?"

–아주 돌대가리는 아닌가 보네?

"…결국에는 제3 세력으로밖에 귀결이 안 되는 문제니까요. 그나저나 나 돌대가리 아닌데?"

–내가 보기엔 맞는데? 적당한 제3 세력은 정해 놨어?

"벌써 그게 가능할 리가 없잖아요?"

-크크크! 거봐, 돌대가리 맞네!

"아 놔, 이 아저씨가 정말." 낄낄거리며 웃던 차상식은 이내 조금 진지한 표정이 되었다.

-너, 지라시라고 들어 봤냐?

"지라시? 증권가에 떠도는 낭설 말이에요?"

-그래! 호재 또는 악재를 만들기 위한 일종의 바이럴 마케팅이랄까? 그게 지라시라는 존재지.

"그런데 그건 갑자기 왜요?"

-정치의 기본이 뭐야?

"상생(相生)?"

-아니지, 인마. 정치의 기본은 중상모략(中傷謀略)이야. 내 손대지 않고 코를 풀면 이류, 남이 알아서 내 코를 풀어 주게 만들면 일류. 알아들어?

"…그러니까 지금 지라시로 제3 세력을 움직이라는 말이잖아요?"

-빙고!

일리가 있는 말이었다.

문제는 방법이었다.

"그럴 만한 지라시가 어디 있는데요?"

-있지! 웹하드에.

"웹하드?"

－내가 알려 주는 주소로 접속해서 로그인해 봐. 아마 신세계가 열릴 거다!

한결은 차상식이 일러 준 대로 주소를 쳐서 로그인을 시도했다.

[ANR시큐리티]

"어? 이건 예전에 HMN에서 인수했던 보안회사 아니에요?"

－맞아. 지금은 그렇긴 한데, 초창기에는 보안회사가 아니라 정보회사였지.

"참나, 사기를 치려고 정보회사까지?"

차상식은 와락 인상을 구겼다.

－거참, 아니라고! 아, 그 새끼 진짜!

"오케이, 오늘은 그 얘기 그만할게요. 삐지긴. 그래서 아이디가 뭔데요?"

－…가만있어 봐! 알려 줄게.

툴툴거리긴 해도 한결이 하자는 대로 하는 걸 보면 의외로 단순한 구석도 있는 귀신이다.

ANR시큐리티의 VVIP 아이디로 로그인이 되었고, 최대 50GB를 저장할 수 있다는 문구가 떴다.

한결은 고개를 갸웃거렸다.

"VVIP치고는 저장용량이 적네요?"

-에라이, 인마! 양이 많다고 다가 아니야. 너, 기왕지사 마시는 거면 소주 1L 마실래, 양주 50mm 마실래?

"당연히 양주죠."

-그래, 결국 양보단 질이지. 이게 파나마에 있는 개인 서버에 단독으로 저장되는 정보야. CIA도 못 찾는 절대적인 보안이라고나 할까?

"허! 그런 걸 50GB나 제공한다고요? 그럼 회원권이 비싸겠네요."

-당연히 비싸지. 1GB당 30억이니까.

"…에이, 말도 안 돼. 아무리 그래도 그렇지…."

-아무튼, 일단 봐, 인마. 헛소리 그만하고.

부자들의 스케일에 살짝 놀란 한결은 퍼뜩 정신을 차리고 VVIP 저장소에서 '지라시' 부분을 클릭했다.

그러자 엄청나게 많은 파일이 나열된다.

-우측 상단에 있는 검색창에 베트남 동부라고 쳐.

"베트남이요?"

베트남 동부라는 글을 치자 10건의 문서가 검색되었다.

-첫 번째 문서 열고, 내가 불러 주는 비밀번호 눌러서 들어가 봐.

"음… 잠깐만요. …됐다!"

문서를 열자 한결은 입이 쩍 벌어질 수밖에는 없었다.

낭설이라고 하기엔 너무 세세하고 명확해서 이게 과연 지라시일까 싶을 정도였다.

"…지라시라면서요! 이건 지라시가 아닌데?"

–난 바이럴이라고 했지 낭설이라고 한 적은 없는데?

"그럼 이게 진짜라고요?!"

–이런 정보가 50GB나 있다니까?

한결이 아직 모르는 것이 하나 있었다.

주식시장에서 진짜 돈을 버는 사람들은 주가를 움직이는 것이 아니라 시장을 움직인다는 사실을 말이다.

–그럼 이제부터 판을 짜 보자. 단, 한 가지 명심해야 할 것이 있어. 파급력이 너무 크면 안 돼. 이건 어디까지나 깜짝 이벤트라는 걸 명심하라고.

"아, 그렇지! 이건 쇼였죠? 이벤트 쇼!"

–팝콘은 언제 튀기면 되는 건가?

"그… 양봉을 하자고 했잖아요?"

–그랬지.

"코를 꿰는 김에 한 명 더 꿰죠."

–여왕벌이 또 있어?

"있죠, 양유진의 라이벌."

여왕벌과 여왕벌의 만남을 기대하는 차상식의 눈은 흥미로움으로 물들었다.

–…개 꿀잼 각이네?

"하여간 이런 건 참 좋아해. 아저씨들은 왜 그런지 모르겠네."

차상식이 즐거워하자 한결의 감이 더욱 예리해졌다.

한결은 그런 날카로운 감을 이용해서 거의 본능적으로 시나리오를 구상했다.

"김유철한테도 전화를 걸게요."

ㅡ김유철?

"기껏 노비를 얻었는데, 놀리면 아깝잖아요?"

ㅡ오호!

"놈을 이번 판의 킥으로 써야겠어요."

ㅡ그것도 재미있겠네!

"다만, 놈한테도 먹이를 줘야 할 텐데……."

한결의 고민에 차상식은 피식 웃었다.

ㅡ따로 먹일 것까지 있겠냐. 네가 해 주는 쇼에 잘 올라타기만 해도 최소 10%는 먹을 텐데.

"어?"

ㅡ아마 빤스 차림으로 그랜절이라도 올릴걸?

§　§　§

따르르르릉!

술에 절어 있는 채로 얼굴을 찌푸리는 여인이 있었다.

"…아, 젠장! 이 시간에 누가 전화질이야?"

다소 신경질적인 그녀의 표정만큼이나 목소리 또한 걸걸하기 이를 데 없었다.

아이돌이라고 해도 믿을 정도로 귀염성 있는 얼굴에서 나오는 목소리라곤 도저히 믿기 어려울 정도였다.

그녀는 심드렁하게 전화를 받았다.

"여보세요?"

-한강일보죠?

"…네, 맞는데요. 한강일보 사회부입니다."

-제보 좀 하려는데요.

"실례지만 어디시죠?"

-지금 이메일 한번 열어 보세요.

뚝.

저 할 말만 하고 전화가 뚝 끊어졌다.

한강일보 사회부 유미연은 신경질적으로 스마트폰을 켜 이메일을 확인했다.

짜증이 확 일었지만, 특종은 이런 형태의 제보에서 발생하는 경우가 많았기에 무시할 수도 없었다.

물론 이딴 식으로 오는 제보가 모두 특종으로 이어지는 것은 아니었다.

"…별거 아니기만 해 봐라. 죽인다, 진짜!"

이메일을 열고 막 도착한 메일을 확인했다.

"호앗느 그룹의 재무회계 사정이…."

순간 유미연의 눈이 휘둥그레지기 시작한다.

비록 중간에서 문서의 내용이 끊어져 있기는 해도 충분히 기사가 될 정보들이었다.

따르르르릉!

쏜살같이 전화를 받았다.

"네!"

―보셨습니까?

"…당신 누구예요? 어떻게 이런 정보를 입수했죠?"

―뭐, 그건 중요한 게 아니고요. 아무튼 간에 나랑 거래 하나만 합시다.

"거래라니요?"

―베트남 건설시장 호재 좀 크게 띄워 주세요. 대서특필로다가.

"베트남?"

―만약 그걸 들어주신다면, 나머지 자료도 보내 드리도록 하죠.

호앗느 그룹의 재무사정이 악화되어 돌려막기로 시작한 사업이 바로 메콩강 개발사업이라는 것이 제보의 핵심이었다.

만약 그렇다고 한다면 지금까지 모은 펀딩자금은 그대로 휴짓조각이 될지도 모른다는 뜻이다.

'특종이 될 수도 있겠는데?'

기사를 내도 만약 근거가 없으면 말짱 꽝이다.

하지만 이것은 장부상의 오류를 적나라하게 지적하여 만들어 낸 이중장부까지 포함된 알짜배기 제보였다.

"좋아요, 거래하죠! 기한은요?"

─이틀 내로.

"알겠어요. 이틀 뒤에 꼭 연락 주셔야 해요, 꼭이요!"

대서특필할 방법이야 많다.

유미연 기자는 이번 기사에 베팅해 보기로 했다.

전화를 끊고 몇 가지 자료를 찾아 타이핑을 준비하려는데 일순간 고개가 갸웃해졌다.

"근데… 어디서 들어 본 목소린데…."

§ § §

같은 시각, 대진은행의 양유진은 한결에게서 뜻밖의 제보를 받았다.

[베트남 동부해안 개발 및 원자재 채취 보고서]

"…아니, 그러니까 모래를 퍼 날라서 지금 호황국면인 베트남 내수시장에 팔라고?"

－넌 금융인이잖아. 은행이 무슨 상사도 아니고, 팔라는 게 아니라 그 계획이 훨씬 더 설득력 있으니까 이용해 먹으라는 거지.

"어머, 애! 그게 말이 되니? 베트남이 대한민국 최대 건자재 수입시장이라는 걸 잊었어?"

한결과의 전화통화를 하면서 양유진은 메콩강보다는 차라리 동부 항만지역을 개발하는 데 투자하는 것이 훨씬 비전이 있다는 소식을 들었다.

동남아시아에서도 손에 꼽을 정도로 모래를 많이 팔았던 베트남 내수시장에 역으로 모래를 퍼서 팔라는 게 말이 되는 소리일까?

하지만 한결이 건네준 데이터는 양유진의 생각과는 크게 달랐다.

－한때 베트남에서는 동부해안에서 채취한 모래를 죄다 한국으로 가져다 팔았었어. 알지?

"당연하지! 그걸 모르는 사람도 있니? 계림그룹이 2012년인가 13년인가에 대구에 팔아서 엄청난 이득을 챙겼잖아."

－그래, 그때부터 지금까지 대한민국으로 베트남의 모래가 엄청나게 유입되었지. 건축시장의 호황이었던 최근까지. 하지만 그러는 동안 베트남도 엄청나게 성장을 했거든? 그런데 아이러니하게도 베트남은 지금 모래가 없어서

난리라고 하더라.

"…어머나, 그런 통계가 있었어?"

—당연히 한국에서는 잘 모르지. 왜냐고? 최근 건설경기가 하강국면에 접어들고 있으니까.

"아!"

—지금 동남아에서는 쉬쉬하는 분위기이지만, 벌써부터 모래 고갈이 심각한 수준이래. 몇 달 만에 벌써 모래비용만 50% 넘게 올랐다고 하더라고.

"철강업계가 호황이라는 소리는 들었는데, 설마하니 모래 고갈이…."

—당연히 숨겼지. 왜냐? 동남아시아 건설시장은 이제 붐을 탔는데 원자재 쇼크를 맞는다? 한 방에 골로 가지 않겠어?

"…어머, 히트다 히트! 아니, 그래서 이걸로 뭘 어쩌라는 건데?"

—상황이 이런데도 한국으로 모래를 채취해서 팔겠다며 펀딩을 하는 회사들이 있거든? 그런데 그 회사들의 자금사정이 별로 안 좋아. 아마도 베트남 건설업계가 한차례 홍역을 앓을 것 같아. 이참에 모래채취 불가에 건설업계 불법자금까지 엮어서 아예 여신을 다 회수해 버리는 거지!

"그럼 이 누나는 바로 죽…. 어머, 아니지? 지금이야 여신을 회수하는 데 걸림돌이 많지만, 만약 그렇게 되면 악성

채권도 자동으로 회수되는 거잖아?"

―빙고!

양유진은 빙그레 미소를 지었다.

"어머, 얘! 이 누나한테 그런 고급 정보를 상납하다니!
역시 나한테 마음이 있는 거지? 그치?!"

―…그, 있잖아. 대신 내 부탁 하나만 들어줘.

양유진은 긴 생머리를 검지로 빙빙 돌리면서 살며시 몸
을 꼬았다.

"어… 뭐, 좋아! 언제 만날래? 영화부터 볼래? 요즘
계속 앉아만 있었더니 다리가 부어서 원피스는 좀 그렇
고…….."

―…아니, 그런 거 아니야. 너 유미연 알지?

"유미연? 너 설마?!"

―내가 유미연한테 익명으로 뭘 제보를 했거든? 이틀 뒤
에 네가 만나서 도움을 좀 줘.

"하아?! 내가 왜?!"

―부탁할게! 그리고 그때까지 베트남 쪽 기업들의 재무정
보를 좀 모아 줘! 그럼 끊는다.

뚝!

"야, 신한결! 야! 얌마!! 어머, 웃긴다, 얘 진짜!"

대학시절 라이벌이었던 여왕벌 유미연과 만나서 좋은 얘
기가 나올지는 의문이다.

"…내가 왜? 안 해! 흥!"

양유진은 한껏 털 세운 고양이처럼 히스테릭을 부렸다.

하지만 갑자기 뇌리를 스치는 장면에 짜증을 멈출 수밖에 없었다.

만약 미연이 그 여우 같은 것이 머저리 신한결을 낚아채서 노예로 부려먹으려 한다면?

"그 꼴은 절대 못 봐!!"

양유진은 짜증을 갈무리하고 부지런히 자료를 모으기 시작했다.

§ § §

지이이잉!

"…왔다!"

스마트폰을 꼭 쥔 채로 회사 로비를 서성거리고 있는 김유철은 마치 성탄절에 산타클로스 방문을 통지받은 것처럼 후다닥 회사를 뛰쳐나갔다.

회사 앞에는 오매불망 기다리던 친구가 서 있었다.

"한결아! 내 친구야! 으하하!"

"저리 가. 달라붙지 마. 사람들이 보잖아."

"…아, 미안!"

"내가 얘기한 건?"

"여기!"

김유철은 '최소 10%는 포장해 준다'라는 한결의 말에 설레어 밥도 제대로 못 먹었었다.

주식으로 10%의 수익을 올릴 수 있다는 건 어지간한 전문가도 쉽게 장담할 수 없는 일이지만 한결은 이미 충분한 실적을 증명했다.

김유철은 한결에게 '베트남 해외여신에 대한 실태조사 및 회수방침'이라는 보고서를 건네주었다.

"네가 말한 거!"

"확실한 거야?"

"그럼! 방금 전에 대진은행에서 정보를 입수했다면서 우리 부장이 보고서를 작성하라고 나한테 지시했거든."

"오호! 그래?"

"그나저나 이걸로 뭘 하려고?"

한결은 피식 웃으며 답했다.

"비밀."

"아, 아하하… 그래, 비밀… 비밀이 있을 수도 있지."

"비밀은 비밀인데, 너한테는 안 비밀."

"응?"

실망이 가득하던 김유철의 눈빛이 뼈다귀를 앞에 둔 강아지처럼 빛났다.

"잘 들어. 이제 곧 건자재 상사들의 주가가 빠르게 떨어질 거야. 하지만 한 달 내로 빠졌던 주가는 다시 오를 거고."

"…어어? 그걸 네가 어떻게 알아?"

"돈 벌기 싫어? 오늘따라 혓바닥이 좀 기네?"

한껏 까칠해진 한결을 건드렸다간 국물도 없다는 걸 잘 알기에 김유철은 당장 입을 다물어 버렸다.

"헙! 미안!"

"아무튼, 투자전략은 이래. 건자재 상사들의 주가가 떨어지는 걸 기다렸다가 주식을 사든지. 아니면 하락장에 걸었다가 한 달 뒤에 치고 빠지든지. 그건 너 알아서 하고."

"하락장에 걸어? 옵션을 해도 되는 거야?"

"적당한 카운터 파트너만 있다면야 옵션을 하든지 칼춤을 추든지 그건 네가 알아서 할 일이고."

"…그러니까, 한 달 후에는 주가가 회복된다는 거지?"

"맞아."

순간 김유철은 다리가 풀릴 뻔했다.

잘만 하면 코인으로 벌었던 것보다 훨씬 더 많은 돈을 챙길 수도 있을 것 같은 느낌이 들었기 때문이다.

하지만 그런 그의 기대에 한결은 찬물을 끼얹어 버렸다.

"근데 어지간하면 옵션은 하지 마. 어쩐지 집안 말아먹을 것 같은 느낌이 들어."

"어? 어째서?"

"옵션을 산다고 쳐. 빅쇼트 쇼타임이 언제인지 장담할 수 있어?"

한결은 옵션 청산일을 정확히 언제로 잡아야 최대 수익이 날 수 있는지 물었지만, 그걸 장담할 수 있는 사람은 없었다.

인간은 한 치 앞을 내다볼 수 없는 생물이니까.

"그야… 한 달 뒤?"

"야, 이 멍청아! 내가 적어도 한 달 뒤에는 오른다고 했지, 정확하게 한 달이라고 했어? 옵션에 투자했다가 보름 후에 가격이 뛰면 그땐 어쩌려고?"

"…아! 그게 또 그렇게 되는 건가?"

"그래, 이 븅신아!"

"헤헤, 그건 또 생각을 못 했네! 미안!"

"아무튼, 옵션은 접는 걸로. 오케이?"

"오케이!"

"그럼 난 이만."

쿨하게 돌아서는 한결을 바라보는 김유철은 자신도 모르게 한 마디 툭 내뱉었다.

"…그럼 난 이만. 아, 존나 멋있어! 크흐! 카리스마!"

우리 사회에서는 이런 경우를 두고 '길들여졌다'라고 하기로 합의했고, 김유철은 길들여지기를 거부하지 않았다.

김유철은 다짐했다.

만약 이번에도 한결의 말대로 된다면 충성스러운 따까리가 되겠다고!

주식으로 확실한 10% 이상의 수익이 보장되는데 따까리가 대수겠냐.

§ § §

깔끔하게 엮인 보고서를 받아 본 강 팀장은 인상을 와락 구겼다.

"…어이, 해병, 지금 뭐 하는 거야? 젊은 날에 객기라도 부려 보겠다는 거야? 객기는 해병대에서 다 뿌리고 왔어야지!"

"이 프로젝트는 망합니다! 그런 망하는 길로 선배님을 보내는 건 해병의 도리가 아니죠."

"망해? 이 친구가 미쳤나! 투자본부장이 직접 지휘하는 프로젝트라고! 잊었어?"

한결은 태블릿을 열어 내일이면 나올 기사를 보여 주었다.

[호앗느 그룹 금융부실, 이대로 괜찮은가?]

"뭐야, 이게?"

"제 친구가 신문사에 근무하는데, 이런 정보가 있다면서 언질을 주었습니다."

"…호앗느 그룹 산하 금융기관들이 사실상 기능 불능이다?"

"아마 윤 부장 쪽에서도 이런 정보는 익히 알고 있었겠죠. 하지만 투자본부장 눈치를 보느라 알면서도 쓴웃음을 삼킬 수밖에는 없었을 겁니다."

"허!"

"솔직히 말하자면 차장님도 어느 정도는 눈치 채고 계셨던 것 아닙니까?"

강 팀장의 눈매가 일순간 날카로워졌다.

"뭐냐? 지금 나한테도 책임이 있다고 말하고 싶은 거야?"

"이대로라면 그렇게 될 가능성이 높습니다. 차장님, 어차피 이렇게 된 거… 아예 프로젝트를 날려 버리시죠."

한결은 또 한 권의 보고서를 내밀었다.

보고서에는 베트남의 주요사업 중에서 모래의 내수사업이 호황이므로 동부해안에서 채취한 모래를 유통하는 것이 유망하며, 메콩강에서 모래를 채취해 한국으로 수출하겠다는 건설업자들에 대해서는 대대적인 자금압박이 가해진다는 정보가 있었다.

"금융사가 부실한 건설사에 대한 자금회수를 단행하게 되면 프로젝트는 당연히 엎어질 겁니다. 하지만 프로젝트가 엎어지기 전에 한 박자 빠르게 동부해안으로 진출해서 자금을 출자한다면 우리는 큰 이윤을 남길 수도 있을 겁니다!"

"…그러니까, 프로젝트를 엎는 데 차선책까지 끼워서 보고서를 올리자는 거야?"

"네!"

보고서를 연거푸 읽어 내려가던 강 팀장이 피식 웃었다.

보고서 파일을 덮곤 진지한 얼굴로 말했다.

"신문기사 한 줄 뜬다고 부장의 모가지가 날아가진 않아. 아마 금융권의 자금회수 역시 부실기업에 한정되어 제한적일 거고."

"알고 있습니다!"

"그럼에도 불구하고 우리는 딜을 할 수밖에는 없는 거고?"

"맞습니다!"

"휴우! 좋아, 자기 말대로 한번 해보자."

"감사합니다!"

"그런데 말이야, 한 가지 문제가 있어. 투자에 혈안이 된 본부장이 과연 가만히 있겠어?"

잘못하면 투자본부장이 객기를 부려 모든 것이 수포로 돌아갈 수도 있다.

그렇기에 한결은 보험을 들어준 것이었다.

"그쪽에서 우리를 못 까게 만들면 되잖습니까?"

"어? 그런 방법이 있어?"

"HBSC에서 대베트남 자금줄에 대한 긴급점검을 한다는 정보가 있습니다. 그걸 터뜨리면 천하의 투자본부장이라도 어찌 못 할 겁니다. 오히려 영웅대접을 받게 될 수도 있죠."

"아?!"

이 세상 모든 일에는 명분이라는 것이 중요한 법이다.

옳은 일을 할지라도 명분이 없다면 지지받지 못할 수 있다.

하지만 반대로 명분이 충분한 일은 그것이 설령 다소 부적절한 일이라고 해도 지지를 받을 수 있다.

"명분만 확실하다면 일이 틀어져도 우리는 살 수 있습니다!"

"확실히… 그건 그러네. 그래, 명분만 있다면야!"

강 팀장이 한결의 어깨에 손을 척 올렸다.

확신의 눈빛, 그에게선 그런 강렬한 빛이 쏟아져 나왔다.

제6장
이동

대베트남 자금회수 이슈가 터지자마자 HMN에서는 당장 투자고문회의를 소집했다.

투자본부장 임석명 상무와 고문단이 첨예하게 대치했다.

"호앗느 그룹이 사실은 깡통이었다고요?"

"깡통이라기보다는 일시적인 자금경색이라는 단어가 더 적절할 것 같네요."

"무려 HBSC에서 자금회수를 결정했을 정도면 확실히 보통 일이 아닌 것 같은데요?"

HMN 측은 투자본부를 강하게 압박하기 시작했다. 낭장이라도 책임자의 모가지라도 칠 기세였다.

"아시죠? 당신들, 10개월 넘게 적자행진이라는 사실! 샌드 익스프레스 사업은 그 적자행진을 멈추기 위한 최종병기로 거론되던 사업이었습니다. 한데 최종병기가 사실은 기동조차 하지 못하는 썩어 빠진 고물이었다니요. 이보다 더 황당한 일이 또 어디 있겠습니까?"

"으음!"

"자꾸 이런 식이면 우리도 어쩔 도리가 없어요. 채권이라도 찍어 내 투자원금 회수 정도는 해 줘야 주주들에게 면이 서지요. 안 그래요?"

"조금만 시간을 주시죠. 일단 이 사태부터 마무리 짓고……."

"그때까지 어떻게 기다리라고 그러십니까? 우리는 그럼 당신들이 일 처리할 때까지 손가락이나 빨고 있을까요?"

임석명 상무라고 무리한 대베트남 사업을 우격다짐으로 끼워 넣고 싶었을 리가 없다.

한데 HMN에서 매번 유상증자를 종용한다거나, 고금리 회사채발행을 재촉한다거나 해서 유보금 비중을 높이고 주주들에게 현금을 돌려 달라는 식으로 강짜를 놓곤 했으니, 그로서도 어쩔 도리가 없는 것이었다.

'…정말 할 수만 있다면 저놈의 HMN을 아주 그냥 폭파해 버리고 싶군.'

한때는 토종 PEF로서 대한민국의 기간산업을 황금기로 이끌었던 HMN이 이제는 기업계의 해적이 되어 여기저기 고리를 뜯고 다니는 양아치로 변해 버렸다.

임석명은 자신이 HMN을 회사로 들이는 데 찬성표를 던졌던 것을 생각하면 팔모가지를 확 잘라 버리고 싶은 마음뿐이었다.

"이봐요, 임 상무님, 이제 자원사업 고꾸라졌으니 정부에서 나오는 제도지원도 없어졌을 테고, 대체 어쩌려는 겁니까?"

"…그러니 시간을 좀 달라는 것 아닙니까?"

"적자가 10개월이라고요. 무려 10개월! 우리도 뭐 나오는 것이 있어야 투자를 하죠!"

대한민국은 자원의 해외 의존도가 절대적으로 높은 나라이다. 해외에서 자원개발만 한다면 신용등급이라든지 약간의 상환유예 같은 특전을 주기도 한다.

그렇다 보니 부작용도 많다.

지금처럼 억지 투자 프로젝트를 잡다 보니 사전조사가 미비해서 일이 틀어지기도 하고, 망조가 들어서 다 죽어 가는 프로젝트를 시행해서 골머리를 앓기도 한다.

'조직 전체가 다 썩어 버렸어. 종합상사의 심장부와 같은 역할을 해야 할 투자본부가 아웃사이더라고 불린다니…. 약간의 여유라도 좀 있었으면 좋겠는데 말이야. 젠장, 차상식 회장이 HMN을 이끌 때만 해도 이렇지는 않았는데.'

임석명이 기억하는 차상식 회장은 깐깐하지만 인간적이

고, 계산적이지만 이타적인 인물이었다. 다소 이중적인 면모가 있기는 해도 그게 인간적인 매력으로 느껴지는 사람이었다.

'그가 살아 돌아오지는 않을 테고…. 제기랄!'

바로 그때였다.

똑똑.

회의실 문 밖에서 인기척이 느껴졌다.

개발투자운용부의 오영식 부장이었다.

"상무님, 이것 좀…….."

"뭔데? 지금 회의 중인 거 안 보여?"

"꼭 보셔야 할 것 같아서 말입니다."

그는 두 권의 보고서를 제출했다.

이게 뭔가 싶어서 임석명은 일단 보고서를 살폈다.

물론 HMN에서는 심기가 불편하다는 티를 팍팍 낸다.

"…장난하시나. 회의 중에 뭐 하시는 겁니까?"

"잠깐. 긴급보고는 들어 봐야 하지 않겠습니까?"

"참나."

시간도 벌 겸 임석명은 보고서를 신중하게 읽어 내려갔다.

보고서의 내용인즉슨 이러했다.

현재 호앗느 그룹의 부실로 인해 국내외 많은 은행들이 자산시장에서의 자금회수를 단행하고 있으니 샌드 익스프레스와 인베스트 메콩을 완전히 철회하고 동부해안으로 가야 한다는 것이었다.

지금 베트남은 모래 고갈이 심각하다는 것이 그 주장의 근거였다.

'…모래 고갈?!'

놀랍게도 현재 베트남은 모래 고갈이 심각하며, 그것이 최근에서야 서서히 수면 위로 드러나기 시작했다는 것이었다.

베트남 건설시장은 1년 성장률이 높았을 때는 217%까지 올라간 적이 있을 정도로 호황이었었다. 그런데 모래의 고갈이 수면 위로 부각되기 시작하면서 건설단가가 올라가 침체국면을 맞을 수도 있기에 모두가 쉬쉬했다는 것이었다.

임석명은 뒤이어 첨부된 '베트남 동부해안개발 프로젝트 시안'을 살폈다.

아시아 3대 교역항으로 손꼽히는 베트남의 동부해안이지만 물류체화가 심각하여 133억 달러의 투자금이 유입될 것이라는 소식이 적혀 있었다.

만약 이 사업에 잘만 투자하면 금융권이 아니라 정부에서의 혜택을 받아 신용도 회복을 이룰 수도 있을 것 같았다.

'…동부해안 개발에 참여하면 모래 채굴권이 주어져?'

항만개발에서 나오는 악성 모래톱 제거 부산물을 가지고 갈 수 있고, 역설적이게도 메콩강에서 모래가 고갈되면 될수록 바다의 악성 모래톱은 더 쌓일 수 있다는 것이었다.

건설특수의 베트남 내수시장에 모래를 공급하다 보면 수지는 올라가게 되어 있다.

'대박… 건수 아닌가?'

이 정도면 HMN을 찍어 누를 수도 있을 것 같았다.

임석명 상무는 보고서의 작성자가 누군지 궁금해졌다.

보고서의 내용만 놓고 보면 거의 프로 애널리스트급이었다. 디테일 역시 어지간한 정보기관에서 다루는 것 이상이었다.

"이 보고서, 누가 쓴 건가?"

"입사 2년 차인 신한결 사원이라고 합니다."

"…자네도 이 보고서 읽어 봤어?"

"물론입니다."

"사실관계 확인은?"

"…완벽합니다."

"이제 고작 입사 2년 차인데, 이런 보고서를 써?"

오 부장의 보고가 사실이라면 절대 놓칠 수 없는 인재이다.

하지만 그 전에 처리해야 할 것이 있다.

다행히 시기적절하게 들어온 보고서 덕분에 해결이 어렵지 않을 것 같다.

"…얘기, 처음부터 다시 합시다."

"뭐요?"

"베트남 동부에 말입니다…."

§ § §

그야말로 폭풍 같은 하루가 지나갔다.

따르르릉!

이른 새벽부터 알람이 격하게 울려 댄다.

다소 특별한 시간이 지나갔지만 한결의 하루는 별 특별할 것 없이 시작되었다.

"…으음, 벌써 5시네."

─이열, 부지런한데?

"내가 말했잖아요. 배우면 확실하게 배운다니까요?"

차상식에게 투자를 배우면서 한결은 예전보다 더 부지런해졌다.

밤부터 새벽까지 이어진 뉴욕의 증시를 파악하려면 새벽에 일어나는 것은 기본이었기 때문이다.

한결은 자리에서 일어나 민트향이 진한 가글로 입을 행군 뒤, 트레이닝 차림으로 밖으로 나왔다.

그리곤 뉴욕증시를 알려 주는 방송을 켰다.

물론 방송은 모두 영어로 송출되었다.

[KD 뉴욕증시 채널입니다.]

[…미 연준의 긴축 시사에 따라 달러화 가치가 1.19% 상승한 것으로 나타났습니다. 이에 따라 오늘 뉴욕증시의 시황은 평균 1.99% 상승하였고, 채권시장의 동향은 하락장에서 약보합으로 마무리될 것으로 보입니다….]

"슬슬 뉴욕증시로 돈이 몰리겠네요?"

-때가 된 거지.

"주식시장은 마치 탁구와 같네요. 서로 핑퐁이 계속되니까."

-그게 시장의 생리라는 거야.

"음… 그럼 달러화 인덱스에 묶어 두었던 자본금을 주식시장으로 옮겨와 스위칭 전략을 펼친다라고 생각하면 되는 걸까요?"

-음… 맞아, 그것도 맞기는 한데…….

"다만, 채권 동향은 하락장에서 약보합이니까 1주일 정도는 더 지켜보는 게 맞겠고요?"

-호오! 제법 분석력이 생겼네?

"어떤 귀신 아저씨가 빡세게 굴려 줘서요."

한결은 미처 눈치 채지 못했을 정도로 짧은 시간이지만 차상식의 얼굴에는 분명 놀라움이 스쳤다.

-…알파고인가?

"네? 뭐가요?"

−아니야, 아무것도. 그나저나 영어는 언제 배웠냐? 아무리 CPA를 공부했어도 이 정도는 힘들 텐데?

"영어요? 따로 배운 적은 없는데. 학교에서 교과서로?"

−그런데 영어는 어떻게 듣고 해석하는 거야?

"어느 순간부터 그냥 들리던데요?"

−뭐?!

차상식은 어처구니가 없다는 듯이 한결을 바라보았다.

이 세상에 남의 나라 말을 당연하다는 듯이 듣고 해석하는 사람이 도대체 어디 있단 말인가.

−…그게 말이 되냐?

"안 될 게 뭐 있어요? 2년 동안 죽어라, 영어자료를 해석하면 이 정도는 누구나 할걸요?"

−이 새끼 진짜 괴물이었네.

"거참, 별걸 다 가지고 괴물이라고 하네."

차상식이 생각할 때, 아무래도 한결이라는 인재가 진흙에 묻혀 있었던 것은 원석을 알아보려는 시도조차 하지 않은 회사의 문제였다.

하긴 덕분에 이런 인재를 독식하게 되었으니 나쁘진 않았다.

−…이래서 인간은 재미있단 말이지.

"네? 뭐가요?"

-아니야, 아무것도. "아까부터 자꾸 혼잣말을 하시네. 설마 섬망이 온 건 아니죠?"

-귀신이 어떻게 섬망이 오냐?

출근길에는 MTS를 확인했다.

[MTS 투자종목]

[에이스 정밀]

[현재 주가 3,131원(KR/W) - 11.9%▲]

첫 번째 투자종목은 정밀부문이었다.

"음… 나쁘지 않네요."

-이제 막 상장된 기업치고는 괜찮은 수준이긴 하지. 저 회사의 호재가 뭐라고 했더라?

"에어컨 실외기 에어컴프레서 부문에서 특허를 받았다고 해요. 이제 곧 GL전자 에어컨에 납품을 시작할 거고요."

-다른 특징은?

"투자개발에 쓰는 비용이 상당히 많고 미래지향적이라는 점? 그리고 기술 로열티로 나가는 돈이 0원이라는 거죠."

-작지만 내실이 탄탄한 회사야. 여기에 1억을 투자했었나?

"네, 맞아요."

한결은 '에이스 정밀'을 찾아낼 때 바텀업(Bottom-Up)

투자방식을 적용해 종목을 분석했었다.

　쏟아져 나오는 정보들 중에서 유망하다 싶은 종목을 찾아내어 집중분석하여 투자한 것이었다.

　차상식이 평점을 매겼다.

　−오케이, 6점.

　"…점수가 왜 이렇게 짜요?"

　−그건 나중에 알게 될 거다. 자, 다음!

　다음 종목은 화학이었다.

　[경민화학]

　[현재 주가 4,313원(KR/W) − 1.99%▼]

　−음… 주가가 좀 떨어졌네?

　"반도체 재고가 쌓이기 시작하면서 화학분야 주가도 약간 내려가는 것 같더라고요."

　−네 생각에는 어때? 다시 반등할 것 같아?

　"호재는 뚜렷해요. 이쪽도 로열티를 주고 화학품을 만드는 게 아니라서 수익률이 높아요. 한동안 일본에서 들어오던 화학품이 줄어들면서 자체 기술력이 많이 향상되었거든요. 최근에는 해외수출까지 잡힌 모양인데, 아직 공식화는 되지 않았고요."

　딱히 불화수소라든지 포토레지스트와 같은 핵심소재가

아니더라도 반도체를 만드는 데 들어가는 화학물은 많았다. 경민화학은 실리콘 파츠 부문에 가공물질을 제공하는 회사인데, 최근 몇 년 동안 상당히 많은 발전을 해 왔다.

한결의 날카로운 감각이 경민화학의 주가가 가파르게 상승할 것이라고 말해 주었다.

차상식은 여기서 약간의 의구심을 가졌다.

-잠깐. 그 비공식적이라는 정보는 어디서 얻은 거야?

"아저씨도 봤잖아요. 우리가 보고서를 작성하면서 정보를 취합할 때, 관계회사들의 정보들에서 해외수출이 거론되고 있었다는 것을요."

-……그건 아주 찰나에 잠깐 스친 정보였던 것 같은데? 그걸 캐치했어?

탑다운(Top-Down) 전략은 바텀업의 반대이다. 대세를 분석할 줄 알아야 가능한 투자접근법인 것이다.

한데 한결은 그 스치는 정보 하나까지도 놓치지 않는 집중력으로 투자전략을 완성한 것이다.

"아저씨가 탑다운 전략을 세우려면 집중력이 좋아야 한다고 했잖아요. 그래서 집중했을 뿐인데요?"

차상식은 '이 괴물은 뭐지?' 하고 생각했지만 속으로 삼켰다.

-……그래, 잘했다.

"웬일로 칭찬?"

－나도 칭찬해야 할 때는 해. 기준점이 좀 높아서 그렇지.

투자점검을 마칠 때쯤, 지하철이 회사 앞에 도착했다.

한결은 상쾌한 기분으로 출근도장을 찍었다.

한데 자리로 가 보니 책상이 사라지고 없었다.

"…어? 내 자리!"

"신한결 씨, 부서이동되었어."

"네? 부서이동이요?"

"개발투자운용부로 이동한다네."

"엥?"

개발투자운용부. 투자본부의 심장부이며 소규모 공장이나 특별히 좋은 상품을 만들어 내는 중소기업을 인수하는 합병부서이다.

사실상 가장 큰 자금이 움직이는 곳이라고 할 수 있다.

－영전? 잘나가는데, 꼬맹이!

§ § §

부서이동이라고는 하지만 사실상 업무는 크게 다르지 않았다.

"막내, 공일수산 투자 건 IR보고서 얼른 가져와!"

"넵!"

아침부터 이곳저곳에서 한결을 찾는 사람들은 더 늘어났

고 업무의 강도 역시 1.5배는 더 높아진 느낌이다.

하지만 한결에 대한 대우가 180도 달라져 있었다.

보고서를 전달하고 자리로 돌아와 보니 따뜻한 커피와 쪽지가 놓여 있었다.

[보고서 최고였어. 님, 좀 짱인 듯!]

'MZ를 따라한답시고 어색한 급식체를 쓰는 사람이라⋯⋯.'

−어떤 부장 아저씨가 너를 스토킹하는 모양인데? 이열, 그쪽으로 인기가 좋은가 봐?

'징그러운 소리 할래요? 성수로 샤워해 버릴까 보다.'

요즘 회사에서 부장들은 MZ를 대하는 태도를 바꾼다고 나름대로 노력을 하는 모양인데, 계절이 적어도 네 번쯤 지난 유행어를 쓴다는 게 문제였다.

그래도 그 노력과 배려는 감사히 받을 일이었다.

자리에 앉은 한결은 세 개의 모니터를 번갈아 보면서 다시 자료를 취합하기 시작했다.

−영전을 하긴 했나 보다. 모니터가 석 대라니 말이야.

'덕분에 보고서 쓰기 편해졌잖아요.'

차상식을 통해 다양한 정보를 취합 정리하는 방법을 배운 만큼, 다양한 정보를 실시간으로 띄워 놓을 수 있다는 것은 한결에게는 큰 이득이었다.

남들이 이틀 걸릴 일을 반나절이면 해치울 수 있다는 의미이다.

백 번의 학습보다 열 번의 연습이, 열 번의 연습보다 한 번의 실전이 더 얻는 것이 많다.

하물며 한결은 백 번의 학습을 실전처럼 경험하고 있는 것이나 다름이 없었다.

그만큼 한결의 능력은 점점 성장하고 있었다.

한창 다음 보고서를 작성하고 있는데 회사 내 메신저에 공지가 올라왔다.

딩동!

[개발투자운용부 오영식 부장 : 상무님 주재 투자총괄회의 잡혔음. 오후 3시까지 투자본부회의실로 집합]

갑작스러운 집합통보가 떨어지자 여기저기서 투덜거리는 소리가 들려온다.

"…또 집합이네. 여기가 무슨 군대도 아니고."

"이번에 X맨 잡는다고 난리잖아. 그래서 그런가 보지."

문서를 작성하던 한결의 귀에 X맨이라는 말이 꽂혀 들었다.

그는 조심스럽게 X맨에 대해 물었다.

"저… X맨이 뭡니까?"

"한결 씨 X맨 소문 몰라? 아, 다른 부서에는 안 알려졌겠구나. 우리 부서에 트롤짓하는 X맨이 있다잖아."

"투자기획에 대해서 말입니까?"

"투자기획도 그렇고 분석도 그렇고. 요즘 보면 상식적으로 이해가 안 되는 프로젝트가 통과될 때가 많았잖아? 그게 X맨 때문이라는 거지."

회사에 낭설이 도는 게 어디 하루 이틀의 일이겠는가.

하지만 생각해 보면 최근 IX인터에서는 다소 황당하다고 할 수 있을 법한 기획이 많이 나오긴 했었다.

'베트남 건도 그렇고 샌드 익스프레스도 그렇고…. 좀 당황스러울 때가 많기는 했었는데…….'

－진짜 X맨이 있는 거 아니야?

'에이, 설마! 그냥 도시괴담 같은 거 아닐까요?'

－중견기업 간부들이 바보도 아니고 그런 당황스러운 기획이 현실화되려면 보통의 결단으론 안 될걸?

'어? 그런가?'

－아니 땐 굴뚝에 연기 날까? 한번 잘 생각해 봐.

§ § §

투자본부 전체가 모인 가운데 회의가 진행되었다.

"이번 투자의 키워드는 수산유통이다. 투자본부 기획팀

에서 나온 안건이니 최대한 많은 아이템을 찾아낼 수 있도록."

"예, 본부장님!"

"기획팀장, 나와서 브리핑해."

투자본부 산하 기획팀은 최고의 브레인들을 모아 만들어진 부서다. 거의 골로 가기 직전인 투자본부가 그나마 살아 숨 쉴 수 있는 유일한 이유라는 것이 전체적인 평가였다.

본부장의 부름을 받은 기획팀장 정민호가 앞으로 나와 발표를 시작했다.

"이번 기획의 핵심은 유통마진의 극대화를 위한 수산자원 확보에 있습니다. 얼마 전까지도 기승을 부렸던 새우 EMS를 비롯해 방사능 이슈, 동남아 콜레라 사태 등 수많은 이슈가 있었기에 국내 수산자원은 수요공급 밸런스가 많이 무너진 느낌입니다. 이때 우리 IX인터가 앞으로 치고 나간다면 분명 좋은 결과가 있을 것이라고 생각합니다."

가만히 얘기를 듣고 있던 차상식이 한결에게 물었다.

–어떻게 생각하냐?

'뭘요?'

–기획 말이야.

'나이스 타이밍이라고 해야 하나? 요즘 물가상승 이슈 때문에 수산물 가격이 많이 올랐잖아요? 이럴 때 저렴한 가격에 치고 들어가면 점유율 상승에도 도움이 꽤 될 것 같

은데요.'

─으음…….

'왜요? 무슨 문제 있어요?'

차상식은 한결의 질문에 그저 가볍게 고개를 가로저을 뿐이었다.

잠시 후, 본부장은 각 부서에 임무를 하달했다.

"투자영업부는 동남아시아에서 제대로 된 아이템 찾아내 분석하고."

"예!"

"운용부는 아이템 찾으면 인수합병을 할지, 투자를 할 것이라면 그 상한선은 얼마인지 철저히 분석해."

"네, 알겠습니다."

"자원개발부는……."

윤지명 부장과 그 휘하 과장들의 고개가 일제히 본부장에게로 향했다.

하지만 본부장은 그 눈길을 무시해 버렸다.

"다른 좋은 기획 찾아서 가져와."

"…네."

"이상. 회의 끝."

자원개발부는 사실상 폐지될 것이라는 소문이 있었는데, 분위기를 보아하니 낭설은 아닌 것 같았다.

'잘못하면 큰일 날 뻔했네.'

-그러고 보면 강 팀장이 네게는 좋은 일을 해 줬네. 그렇지 않냐?

　'하지만 정작 자신은 거기서 못 빠져나왔죠.'

　-큭큭! 그래도 부장 얼굴에 제대로 침 뱉어 줬으니 만족하고 있을걸?

　항상 먹이사슬의 아래에 있던 강 팀장이 윤 부장을 밟아 줬으니 적어도 속은 시원할 것이었다.

　물론 그 후폭풍은 오롯이 자신이 감당해 내야 하는 것이겠지만.

　회의가 끝난 뒤, 뜻밖의 인물이 한결을 찾아왔다.

　바로 기획팀장 정민호였다.

　"신한결 씨?"

　"네, 과장님!" "잠깐 시간 괜찮아?"

　"물론입니다! 말씀하시지요."

　"시간 괜찮으면 베트남 동부해안개발 프로젝트 투자보고서 좀 작성해 줄 수 있어?"

　"IR 관련 말씀이십니까?"

　"맞아. 가능해?"

　엘리트들로 이루어진 기획팀에서 군이 한결을 찾아온 것은 그만큼 한결이 지난번에 제출했던 보고서의 파워가 강력했다는 증거였다.

　"어이, 정 과장, 왜 남의 부서에서 기웃거려? 저리 안 가?"

"…험험! 한결 씨! 나중에 다시 얘기해!"

오영식 부장이 엉덩이를 걷어찰 듯이 으르렁거리자 정만호 과장은 꽁지가 빠지게 도망쳤다.

오영식 부장이 한결의 어깨에 손을 척 올리더니 호탕하게 웃었다.

"으하하! 하긴 우리 막내가 A급이긴 하지!"

"아, 아하하…. 감사합니다!"

"신한결이, 이따가 소주나 한잔할까?"

"어… 그게 말입니다."

"아참, 보고서 말뚝이던가? 별수 없지, 내가 시킨 업무인데."

"열심히 하겠습니다!"

비록 기억력은 별로 안 좋아도, 오 부장은 윤지명 부장처럼 부하들 등골이나 빼먹는 인간은 절대 아니었다.

"이봐, 한결이."

"넵!"

"이번에 자네 인사이동을 하면서 말이야, 대리승진 건도 같이 통과된 거 알고 있어?"

"…어! 승진 말입니까?"

"그래서 말인데, 이제 조만간 보고서 작성 업무에서는 빠질 것 같아."

"그럼 저는 무슨 업무를 맡게 되는 겁니까?"

"자산운용팀이 어떨까 싶어."

개발투자운용부 산하 자산운용팀은 인수합병 및 투자금 운용에 대한 심사를 진행하고 운용부장에게 결재를 올리는 핵심인력으로 이루어진 부서이다.

한결은 승진과 함께 조금 더 핵심부서 쪽으로 자리를 옮기게 된 것이었다.

—베트남 동부해안 사건의 연출이 기가 막히긴 했나 봐? 이렇게 출세가도가 계속 뚫리는 걸 보면 말이야.

'운이 좋은 거죠.'

—야, 이 정도 했으면 나한테도 뭐 떨어지는 거 하나쯤은 있어야 하지 않겠냐?

'엥? 귀신한테 무슨 선물을 줘요? 사지육신도 없는 양반이.'

—이거 나중에 대머리 될 놈일세! 도박판에서 돈을 따도 뽀찌를 뿌리는 게 예의인데, 넌 그런 도리도 없냐? 짠돌이 같은 새끼!

'…원하는 게 뭔데요? 빙빙 돌리지 말고 그냥 얘기해요.'

—INE파트너스라고, 뭐 하는 회사인지 좀 알아봐.

'그건 왜요?'

—개인적인 일이야.

생각해 보면 지금까지 차상식은 한 번도 개인적인 얘기

를 해 준 적이 없었다.

한결은 그에게 여러 사정이 있을 것이라 생각했기에 딱히 토를 달지는 않았다.

'알겠어요. 할게요.'

§ § §

수산물 유통이라는 키워드를 바탕으로 투자본부는 새로운 활력을 얻었다.

유럽산 대구, 인도네시아산 새우, 호주산 참치 등 지금까지 잊혔던 시장이나 의외의 시장을 집중적으로 공략해서 매입단가를 확 낮추겠다는 것이었다.

그 덕분에 한결은 이틀 넘게 회사에 발이 묶이고 말았다.

"부서이동을 한 뒤에 더 힘들어진 것 같은데…. 이게 맞는 건가 싶네요."

ㅡ그래서 언제 내 부탁을 들어줄 건데?

"…상황이 이런 거 안 보여요? 가뜩이나 죽을 맛인데 옆에서 귀신까지 씻나락 까먹는 소리를 하니까 돌겠네, 증말!"

ㅡ이럴 게 아니라 정보원들을 움직이는 건 어때?

"정보원? 무슨 정보원이요?"

ㅡ인마, 신문기자도 있고! 은행원도 있고! 정보 캘 곳이

야 널렸잖아!

"아, 그건 그러네? 하지만 그것도 미끼가 있어야 원하는 정보를 얻죠."

─…미끼는 내가 줄게.

"아참! 아저씨는 아주 미끼 재벌이시죠? 무슨 미끼를 던질 건데요?"

─스마트폰 꺼내 봐.

"웹하드에 들어가면 되는 거죠?"

─잘 아네.

요즘 부쩍 감이 예리해진 한결은 이상하게도 한 번 몸에 익힌 것은 어지간해선 잘 까먹지 않게 되었다. 원래도 뭔가 배우면 곧잘 따라 하는 편이기는 했어도 이 정도로 복사를 하는 수준까지는 아니었었다.

한결은 스마트폰으로 웹하드에 접속했다.

"접속했어요. 이젠 어떻게 하면 돼요?"

─검색창에 카르텔이라고 쳐 봐.

"카르텔? 담합 말이에요?"

한결이 검색창에 카르텔이라고 치자 총 51개의 검색결과가 나왔다.

─이 중에서 동남아시아 카르텔이라고 적힌 폴더에 들어가 봐.

폴더를 더블클릭하자 동남아시아에서 활동하는 카르텔

에 대한 정보 세 개가 떴다.

놀랍게도 그중에는 수산물이라는 키워드도 있었다.

"…수산물 카르텔? 이런 게 있었어요?"

-말이 나온 김에 수산물 카르텔에 대한 정보를 한번 던져 보자.

"아니, 이런 정보가 있으면 나를 주셨어야지! 어째서 지금에서야 정보를 공개하는 건데요?"

차상식은 피식 웃으며 답했다.

-알려 주면, 감당할 수는 있고?

"감당?"

-정보라는 건 말이다, 그걸 감당할 수 있는 힘이 있을 때나 무기가 되는 거야. 지금 네가 정보를 가지고 있어 봤자 하등 도움이 안 돼. 자칫 잘못하면 죽을 수도 있고.

"아! 그렇기는 하겠네. 너무 위험한 정보는 손에 쥐지 않는 것이 상책이긴 하죠."

-그러니까 다음부터는 그딴 식으로 투덜거리기 없기다. 알겠냐?

"쳇, 까칠하긴. 알겠어요."

차상식이 가끔씩 짜증을 내기는 해도 이렇게 묵직하게 타이르듯 한결을 꾹 억누르는 경우는 없었다.

한결은 어쩌면 차상식이 자신을 걱정하는 마음에서 함부로 정보를 내주지 않는 것은 아닐까 하는 생각이 들었다.

'의외로 이타적인 면도 있었네?'

–응? 뭐가?

"아니에요. 아무튼, 이건 비밀번호가 어떻게 되는데요?"

–453@43@$#….

"비번이 뭐 그렇게 복잡해요?"

–복잡하긴 뭐가? 그래 봤자 너는 한 번에 외울 숫자잖아.

"그렇기는 하죠."

–엄살은.

상당히 복잡한 비밀번호를 입력하니 수산물 카르텔에 대한 정보가 나왔다.

그걸 읽어 본 한결은 차마 입이 다물어지지 않았다.

"헉!"

–쉿! 너무 티 내지 마. 이제부터 이 정보는 너만 알고 있는 거야. 기자한테 풀 정보는 이 앞에 두 줄까지야. 그 이상은 주지 마. 알겠어?

제7장
포텐셜

한가로운 금요일 오후.

지이이잉!

의자에 기대어 앉아 하늘을 바라보던 유미연에게 한 통의 전화가 걸려왔다.

"여보세요!"

─…제보 좀 합시다! 어떤 미친놈이 자꾸 우리 집 앞에 쓰레기를 버리잖아! 이것 좀 수사해 줘요!

요즘 안 그래도 기삿거리가 없어서 죽겠는데 진상 제보가 걸려 오니 짜증이 확 밀려온다.

유미연은 대답도 하지 않고 전화를 끊어 버렸다.

"…죽일까, 진짜?"

지난번 대박 한 번 치고 나선 도대체 제대로 된 제보가 들어오지 않는다. 이제 곧 결산일인데, 광고주 마음을 확 잡아끌 만한 기사가 나오지 않으면 이대로 부서이동이 될 지도 몰랐다.

'그건 안 되는데…. 아, 젠장!'

이곳 사회부로 오기 위해 얼마나 힘든 나날을 보냈는지 모른다. 대학 시절에는 나름 남자들이 줄을 섰었는데, 이제 는 아예 외모 따위는 포기해 버렸다.

그만큼 사회부에 대한 애착이 남달랐다.

답답한 마음을 금할 길이 없는 바로 그때였다.

지이이잉!

메시지가 왔다.

[이상한 제보자 : 톡 괜찮으시죠?]

의자에서 축 늘어져 있던 유미연이 자리에서 벌떡 일어 섰다.

지난번의 그 제보자였다.

유미연은 주변을 경계하며 스마트폰을 움켜쥐었다.

평상시와 다른 행동에 주변에 있던 기자들이 고개를 갸 웃했다.

"뭔 일이야?"

"아뇨, 별일 아니에요."

드디어 연락이 왔다. 무려 한 달 가까이 감감무소식이었는데 연락을 해 온 것이다.

　요즘처럼 기삿거리가 없는 상황에서 이게 웬 횡재인가 싶었다.

　유미연은 얼른 자세를 바로잡았다.

　'답장을 어떻게 보내지? 반갑다고 인사를⋯. 아니지, 그건 너무 없어 보이잖아!'

　잘못하면 시종일관 끌려다닐 수도 있다.

　최대한 답장을 짧게 끝맺었다.

　[나 : 무슨 일이신데요?]

　짧은 답장을 보내 놓고는 정서불안에 걸린 것마냥 다리를 떨어 댔다.

　5분, 10분, 30분. 한 시간이 지나도록 답장이 없었다.

　'설마 기분 나쁘다고 답장을 씹는 건 아니겠지?'

　선배들의 말에 의하면 거물급 정보원들은 가끔 이렇게 소식통으로 쓸 기자를 시험하기도 한다고 했다.

　과연 그런 정보통의 밀당인 것일까?

　[이상한 제보자 : 정보교환 좀 합시다]

　[나 : 무슨 정보교환이요?]

드디어 답장이 왔고, 이번에도 짧게 끊어서 보냈다.

'그래, 긴장할 필요 없어! 어차피 저쪽도 뭔가 원하는 게 있어서 저러는 걸 거 아니야?!'

막상 답장은 이렇게 보냈어도 떨리는 마음을 금할 길이 없었다.

한데 이번에는 의외로 답이 빨리 왔다.

[이상한 제보자 : INE파트너스. 이들에 대한 정보가 필요합니다]

'INE? 어디서 많이 들어 본 것 같은 이름인데?'

정확하지는 않지만, 경제부에 있을 때 얼핏 이름을 들어 본 것 같았다.

유미연은 드디어 자신이 주도권을 잡을 수 있게 되었다고 확신했다.

[나 : 있기는 한데, 정보료는 확실히 주셔야 합니다]
[이상한 제보자 : 뭐, 그럼 이건 어때요?]

지이잉!

메시지에 이어서 사진 한 장이 전송되었다.

사진을 확인한 유미연은 그야말로 기겁을 했다.

"…미친!"

실로 엄청난 정보였다.

아무래도 주도권을 잡기란 불가능할 것이라고 확신했다.

§ § §

[유미연 : 보냈습니다]

차상식의 웹하드에서 꺼낸 정보를 유미연에게 보내 주자 10초도 안 되어 답장이 날아왔다.

"진짜 정보력 하나는 기가 막히시네요."

-뭐 이 정도 가지고

"내 살다 살다 수산물 게이트라는 게 있을 줄은 몰랐어요."

-원래 그 바닥에 추잡한 새끼들이 많거든. 원체 움직이는 돈 덩어리가 어마어마하니까 말이야.

2010년대 수산물 시장은 새우 집단폐사 및 후쿠시마 원전 오염, 중국의 수산물 사재기 등으로 인해 여기저기 피멍이 들어 있었다.

이 시기에 수산물 사재기로 재미를 보는 카르텔들이 다수 출현하게 되었는데 그 카르텔이 대한민국에도 있는 것이었다.

아마 수산물 유통업자들 사이에서는 엄청 유명한 얘기겠지. 이 돈으로 땅도 사고 주식도 사고, 아주 투기로 엄청 잘 나가고 있으니까.

"돈 버는 방법도 가지가지네. 그나저나 아저씨는 수산물 카르텔에 대해서 어떻게 그렇게 잘 아세요?"

─아, 이거? 예전에 외식사업 소상공인들을 도와주는 사업을 했다가 300억인가 날려 먹은 적이 있었어. 그때 열 받아서 카르텔을 때려 부수고 다녔었거든. 그때 만든 자료들 일걸?

"부수다니? 뭘 얼마나 부수고 다녔는데요?"

─추산하기로는 회사 120개 정도가 나자빠진 걸로 알아.

"어, 그럼 거의 업계가 망했다고 봐도 되는 거 아니에요?"

─저놈들이 수산물을 꼬불쳐 놓고 안 내놓잖아? 그래서 내가 한 500억쯤 써서 수산물을 왕창 풀어 버렸거든. 그랬더니 중소기업으로 위장했던 카르텔들이 우후죽순으로 떨어져 나오더라고. 그때 이후로 수산물 가격은 다시 정상으로 돌아왔어. 망해야 할 놈들이 망한 거지.

한결은 절로 고개를 가로저었다.

"무지막지하네. 그럼 손해도 좀 보셨겠어요? 500억이나 썼으면."

─손해? 내가 손해 따위를 볼 사람… 아니, 귀신으로 보

이냐?

한결은 괜한 걸 물어봤나 싶었다.

"하긴."

한결은 이메일을 열어서 유미연이 보내 준 자료를 확인해 보았다.

[…아시아 각 국가들, 코인채굴 관련 규제 검토 중]

[전력난 심화, 기후변화 대비 규제를 강화하겠다는 각 국가의 환경 장관들의 비공식 발언에 따라…]

"가상화폐 채굴에 대한 규제를 하겠다는 건가요?"

-내가 말했잖냐. 저게 검은돈이랑 연관이 있다고. 아마 일정 부분 정치적인 문제도 관련이 있지 않나 싶기도 하네. 뭐, 우리 같은 사람들이야 정치적인 의도까지 파악할 필요는 없지만 말이지.

지이이잉!

곧이어 이메일이 하나 더 도착했다.

[라라 코인, 상장폐지 검토에 투자사 'INE파트너스' 난색…]

[사모펀드 INE파트너스 자펀드 매각 시사, 거래소 황금광산 '라라 코인 상장폐지 검토 중'…]

[이제 막 날개 펼친 중소 첨단산업, INE파트너스발 줄도산 이어지나…]

"뭐야, 이 회사 코인 굴리는 회사였어?"

－흠…….

"중소 첨단은 또 뭐지?"

－INE가 IT 강소기업 지분을 많이 가지고 있었거든.

"그나저나 무슨 개인적인 일로 코인이나 굴리는 사기꾼들 뒤를 캐요? 아저씨도 저 사람들한테 물린 거 있어요?"

－아니야, 그런 거. 아무튼 간에 속 시원하게 알았다. 이 정도면 됐어.

"도대체 뭘 알았다는 건지. 아무튼 간에 속을 모르겠다니까."

－그나저나 이제 수산물 카르텔 정보가 저쪽으로 넘어갔으니 어쩔 셈이냐? 이대로라면 프로젝트가 또 깨질 텐데.

"일이 이렇게 되어 버렸으니 X맨 찾는 데 힘이나 좀 실어 줄까 봐요."

－X맨? 그건 낭설이라며.

"아저씨가 그랬잖아요? 아니 땐 굴뚝에 연기 나냐고."

－오호!

"이걸 본부장이 알게 된다면 길길이 날뛰겠죠? 그 전에 의심 후보들부터 추려서 확실하게 보내 버리는 게 낫겠어요."

　─그래서 네가 얻는 건 뭔데?

　"승진이요."

　─어쭈, 이젠 제법 욕심도 부릴 줄 아네?

　"기왕지사 조직을 위한 일을 한다면 나도 얻는 게 있어
야죠. IX인터가 무슨 우리 아버지 회사도 아니고 말이에
요."

　이젠 한결도 슬슬 깨달아 가고 있었다.

　자신에게 아무런 도움이 되지 않는 일은 절대 하지 말아
야 한다는 것을.

　─그럼 나는 팝콘이나 튀기면 되는 건가? 그나저나 떡밥
은 언제 뿌리려고? 용의자 색출에도 시간이라는 게 필요하
잖냐.

　"아, 그거요? 이미 진행되고 있잖아요? 한강일보."

　─오호라! 이젠 제법 치는데? 좋아, 그럼 이건 어떻게 처
리할 거냐?

　"뭔데요?"

　─단순히 신문기사가 터진다고 네가 승진하지는 않아. 이
건 말 그대로 제3의 세력이 정보를 제공해서 일어나는 일
종의 나비효과 같은 거잖아?

　"배운 걸 써먹어야죠. 투자!"

§ § §

이른 아침부터 IX인터 투자본부 산하 기획팀에는 그야말로 날벼락이 떨어졌다.

"…수산물 카르텔? 갑자기 그게 무슨 개떡 같은 소리야?!"

"한강일보에서 카르텔 기사를 뿌리는 바람에 지금 중앙지검에서 출동하는 참이랍니다!"

"팀장님! 팀장님은 지금 어디 계시지?"

"어, 방금 전까지만 해도 여기 계셨었는데?"

수산물 카르텔 기획을 냈던 기획팀장 정민호가 출근도장을 찍자마자 어디론가 증발하듯 사라져 버렸다.

바로 그때, 화가 머리끝까지 치민 임석명 상무가 기획실로 쳐들어왔다.

쾅!

"정 팀장 어디 있어! 당장 나오라그래!!"

"저기, 상무님, 그게 말입니다……."

"내 말 안 들려? 정민호 찾아와!"

"방금 전까지만 해도 자리에 있었는데 사라져 버렸습니다!"

"…뭐?"

황당하기 이를 데 없는 일이었다.

임석명에게 기획팀은 X맨에 대한 얘기를 해 주었다.

"요즘 회사에 투자기획을 망치는 X맨이 있다고 하던데, 설마……."

"…X맨?"

"교묘하게 위장된 보고서를 써서 사람들을 현혹하고 본 부장님까지……."

순간 임석명의 뇌리를 스치는 몇 가지 장면이 있었다.

생각해 보면 임석명은 자신이 굳게 믿고 있던 부하직원들의 보고서는 거의 통과를 시켰었다.

그중에는 정민호도 포함되어 있었으니, 어쩌면 X맨 얘기가 맞는 것인지도 몰랐다.

"정민호 팀장 컴퓨터 확인해 봐!"

"…어?! 포맷 중인데요?!"

"젠장!"

임석명은 재빨리 컴퓨터의 전원을 끄고 하드디스크를 제거했다.

"보안팀한테 넘기고, 내가 최우선으로 복구하라고 했다고 전해. 얼른!"

"네!"

믿었던 부하에게 뒤통수를 맞은 것이 확실해졌다.

이제는 누구도 믿을 수 없게 되었다.

"차단기 내려! 얼른!"

"예?"

"사무실 차단기 내리라고!"

업무용 전기는 사무실 벽면에 붙어 있기 때문에 전력을 차단하는 것은 어렵지 않았다.

임석명은 기획팀 전원을 밀폐된 공간으로 이동시키기로 했다.

"이봐, 이 친구들 데리고 4층 회의실로 가. 그리고 안으로 아무도 들여보내지 말고 나가지도 못하게 해. 스마트폰 전원 압수하고."

"네, 알겠습니다."

"자네는 내려가서 보안팀 올라오라고그래. 하드디스크 압수해서 전부 탐색하도록."

누구도 쉽게 믿어선 안 된다. 배신자인 정민호 기획팀장은 임석명이 가장 믿고 아끼던 사람이었는데, 그 휘하의 부하들이라고 배신하지 말라는 법은 없지 않은가.

컴퓨터에 스마트폰까지 압수한 뒤, 임석명은 산하 부서의 부장들을 전부 소환했다.

그는 또 배신자가 있는지 확인해 보기로 했다.

"기획팀장이 뒤통수를 치고 있었던 것 같다."

"예?!"

"그래, 모든 게 내 실수야. 하지만 실수는 언제든 바로잡을 수 있는 법이지. 지금부터 투자본부의 모든 업무를 중단하고 점검에 들어간다. 알겠나?"

"…알겠습니다."

"지금 당장 최대한 신속하게 움직일 수 있도록."

부장들이 나간 뒤, 보안팀에서 직원들이 올라왔다.

보안팀은 사장이 직속으로 관리하는 팀이기 때문에 최소한 배신자는 없을 것이라는 게 임석명의 판단이었다.

"우리 본부 산하 부장들, 전부 조사하고 스마트폰까지 통제해."

"아무리 그래도 부장들인데, 설마 배신을 했을까요?"

"…그건 모르는 거지."

임석명의 발 빠른 대처로 부서 전체가 올스톱 상황으로 향하고 있을 때쯤이었다.

그의 앞에 뜻밖의 인물이 찾아왔다.

"상무님! 드릴 말씀이 있습니다."

"자넨 누군가?"

"사원 신한결이라고 합니다!"

"…신한결?"

§ § §

한결이 준비한 비장의 무기는 바로 반도체 산업 불황에 따른 소재 가격의 하락을 잡는 것이었다.

"현재로서는 반도체 원자재의 관세는 상승했고 원자재 가격은 떨어졌습니다. 고로 반도체 자체의 가격하락까지 예상되는 시점입니다. 이 시점에서 우리가 먼저 치고 나가서 손절된 원자재를 손에 넣는다면, 10% 이상의 차익을 얻을 수 있다고 생각됩니다!"

"음… 이를테면 탑다운(Top-Down) 투자와 유사한 방식이로군?"

"그렇습니다!"

거시적 접근법인 탑다운 투자법은 미시적 접근법인 바텀업 투자법과 더불어 대표적인 투자접근법으로 분류된다.

시장의 대세에 따라 앞으로 유망산업을 분석한 후, 투자 종목을 선별하는 것이 거시적 투자법인 탑다운 투자법이라 할 것이다.

한결이 현재 배우고 있는 투자법은 이 두 가지를 동시에 적용 중이었다.

그러니까 주식에서 배운 것을 보고서에 그대로 적용해 회사에 제출할 투자전략으로 내세운 것이었다.

-허참, 제법이란 말이지. 하나를 알려 줬는데 둘을 터득했잖아?

'배운 것도 제대로 못 하면 바보 아닌가요?'

-보통은 열을 알려 주면 두세 개도 익히지 못해. 반만 익혀도 충분히 수재야. 근데 이놈은……. 아무튼 간에 넌

특이한 놈이야.

차상식은 감탄을 숨기지 않았다.

그런 차상식만큼이나 놀란 사람은 다름 아닌 임석명이었다.

한결이 작성한 보고서는 지금까지 투자공부를 위해 보고서를 전담하면서 수집한 자료들을 엮어 정리한 것이다.

즉, 보고서의 기본 뼈대가 되는 자료들은 임석명 상무로서는 한 번쯤은 본 내용들이었다.

한데 한결이 제출한 보고서는 전혀 새로운 느낌의 내용들로 가득했다.

아무런 선입견 없이 이 보고서를 읽었다면 외부의 유명 애널리스트가 썼다고 해도 바로 납득했을 것이다.

"그··· 음······. 나 이거야 원, 이걸 어떻게 받아들이면 좋으려나?"

"무슨 문제라도 있으십니까?"

"자네, 군필이지? 만약 전쟁 중인데 신입 보충병이 짜온 작계가 기존 것들보다 훨씬 뛰어나다면 어떨 것 같은가?"

"신기할 것 같습니다."

"그래, 지금 내가 딱 그 심정이야. 신기해!"

사실 그 이상이었지만, 임석명은 최대한 내심을 숨겼다.

그리고 한결에게 추가 업무를 지시했다.

"이 보고서를 영어로 번역해 줄 수 있겠나?"

"물론입니다."

"다만, 퀄리티는 원어민을 만족시킬 수 있을 정도로 높아야 해. 가능하겠어?"

"완벽한 원어민까지는 모르겠지만 뉴욕타임즈를 읽는 사람이라면 충분히 이해 가능한 수준으로는 번역 가능합니다."

"음! 그래! 그 정도면 좋아. 굳이 보고서를 쉽게 쓸 필요 없어. 어차피 한국인이 읽을 것도 아니거든. 언제까지 가능하겠나?"

"오늘 밤까지 마무리하겠습니다!"

"…그렇게 빨리?"

"워낙 보고서를 많이 써서 이 정도는 아무것도 아닙니다!"

"오케이, 좋았어. 그럼 나는 자네만 믿고 미팅을 잡도록 하겠네."

"미팅이요?"

"투자미팅 말이야."

"아!"

임석명은 한결의 어깨에 손을 척 올렸다.

"자네, 앞으로 내가 키워 줄 테니 그 재능을 유감없이 발휘해 봐. 알겠나?"

"네, 감사합니다!"

진짜 출세가도가 열린 것 같다는 느낌이 팍팍 든다.

§ § §

저녁 7시가 다 되어서야 한결은 보고서를 마무리할 수 있었다.

다소 어려운 단어들이 많기는 했지만, 어차피 이것을 읽는 사람들이 보통 인물들은 아니라고 했기에 굳이 단어에는 신경 쓰지 않았다.

"휴우! 드디어 끝났네!"

지이이잉!

보고서 작성이 다 끝나갈 때쯤 메시지가 왔다.

[양유진]

무슨 일인가 싶었지만 메시지를 확인할 틈이 없었다.

한결은 출력한 보고서를 들고 곧장 투자본부장실로 향했다.

다급히 달려가는데 앞을 막아서는 사람이 있었으니, 바로 강 팀장이었다.

"한결 씨!"

"차장님? 이 시간엔 어쩐 일이십니까? 퇴근 안 하셨어요?"

"그… 잠깐 시간 괜찮아?"

"예? 지금이요? 아… 지금은 좀 그런데요."

"어디 가는 길인데 그렇게 바빠?"

"그건 말씀드리기 곤란합니다."

"…내외하는 거야, 지금?"

강 팀장은 한결이 요즘 잘나간다는 소식만 들었지, 어디서 어떻게 뭘 하면서 지내는지는 잘 몰랐다. 부서도 다른데다, 어떻게든 불러내려 하면 투자본부실 차원에서 가로막았었다.

"아, 지금은 좀… 상부 지시사항이라서요."

"음… 그럼 어쩔 수 없지. 그럼 조만간 술자리 한번 하자. 내가 좋은 자리 마련해 둘게."

"알겠습니다. 감사합니다!"

"그래, 가 봐."

아마 투자본부장실로 올라가는 길이 아니었더라도 한결은 분명 강 팀장을 외면했을 것이다.

더 이상 그와 엮여서 좋을 게 없다는 것이 한결의 판단이었기 때문이다.

ㅡ한 번 써먹은 노비는 어지간해선 두 번 써먹지 않는 게 철칙이냐?

'글쎄요, 철칙까지는 아니고… 그냥 별로 마음에 안 드네요.'

−그것도 나쁘진 않지. 다만, 노비를 버릴 거면 확실하게 버려야 해. 분리수거까지 철저히 해서. 안 그러면 나중에 네 등에 칼을 꽂는 놈이 생겨. 저놈은 특히나 요주의고.

'분리수거라…….'

−지금도 봐라. 너를 이용해 먹으려고 아주 혈안이 되어 있잖냐. 원래 세상이 그래. 돈을 버는 것보다 지키는 것이 더 어려운 것처럼, 성공도 높은 자리로 올라가는 것보다 그 자리를 지키는 것이 더 어려운 법이거든. 앞으로는 저런 놈들이 주변에 득실거릴 거다. 지금부터 관리를 잘해야 고생 안 한다.

'조언 감사합니다. 조만간 제대로 떡밥 한번 던져 볼게요.'

§ § §

투자본부장실에 도착한 한결은 저녁내 번역한 보고서를 임 상무에게 제출했다.

보고서를 받은 상무는 아주 흡족한 표정을 지었다.

"좋아, 이 정도면 충분해. 고생 많았어. 자네는 내려가서 그만 정리하고 퇴근하도록. 나머지는 이제 내가 알아서 할 테니까."

"더 도와 드릴 일이 있으면 돕겠습니다!"

"참나, 퇴근시간이 한참이나 지났는데도?"

"원래 일을 제대로 마무리 못 하면 잠을 못 잡니다!"

상무는 피식 웃었다.

"오랜만에 제대로 된 친구를 만났군. 좋아, 그럼 오늘은 나와 같이 다니는 걸로 하지!"

"네, 알겠습니다!"

"좀 있으면 오 부장도 올라올 거야. 운전은 오 부장이 할 거니까 자네는 내 옆에서 보고서 분석을 돕도록. 혹시 필요한 게 있으면 챙겨 와."

"노트북이랑 태블릿PC만 좀 챙기겠습니다!"

"그래, 다녀와!"

일을 벌였으면 끝까지 책임을 진다는 이미지를 심어 준다.

한결이 굳이 야근을 마다하지 않는 이유는 업무의 깔끔한 마무리가 필요하기도 했지만, 야근이라는 투자 대비 업무평가라는 성과가 확실했기 때문이다.

-적당한 알랑방귀에 끝마무리까지? 안 알려 줘도 알아서 잘하네?

'애써 잡은 기회인데 놓치면 아깝잖아요?'

기회는 왔을 때 잡는 것이다. 그게 당연한 일이다. 화룡

점정(畵龍點睛)을 위해서라면 하루 야근쯤이야 얼마든지
해 줄 수 있다.

사무실로 돌아와 노트북과 태블릿을 챙겨서 다시 10층으
로 향하는데 어디선가 전화가 걸려 왔다.

지이이잉, 지이이잉!

[발신자 : 양유진]

아까부터 자꾸 연락을 하는 것이 무슨 일이 있나 싶었다.
한결은 엘리베이터에 타는 동시에 전화를 받았다.

"여보세요?"

-얘, 한결아! 너어는 무슨 남자가 전화를 이렇게 안 받
니?! 그렇게 비싸게 구니까 여자들한테 인기가 없지!

"…나 지금 바빠. 용건이 뭔데?"

-내일 시간 괜찮아? 좀 만나서 얘기하고 싶은데.

"나 내일도 바빠."

-그럼 모레는…….

"무슨 일인데그래?"

-어….

뭔지 모르겠지만 뜸을 엄청 들이는 것을 보니 뭔가 사정
이 있는 모양이다.

하지만 지금은 그런 사정을 일일이 신경 써 줄 수가 없

다.

"나 못 만나면 죽는 일이야?"

─얘는! 그랬으면 경찰서에 갔지!

"그럼 됐네. 나 진짜로 바빠. 끊을게. 나중에 통화하자."

─야! 신한…….

뚝.

전화를 끊은 한결은 그대로 전원을 OFF로 돌려 버렸다.

"귀찮게 하네."

─이야, 노비가 아무리 예뻐 봤자 노비라 이건가? 아주 가차 없네?

"노비도 좋은데, 나 먼저 살아야 하지 않겠어요?"

맺고 끊음이 확실해야 한다. 그것이 아버지에게 배운 지론이다.

§ § §

이 늦은 밤길을 달려서 도착한 곳은 놀랍게도 사모펀드 제니스 캐피털이었다.

제니스 캐피털은 대한민국 사모펀드 규모 5위에 다수의 유명 투자 건을 성공시킨 굴지의 투자회사다.

─…이야, 감회가 새롭네.

'제니스 캐피털을 아세요?'

-당연히 알지. 회사 이름을 내가 지어 줬는데.

'어이쿠, 그럼 인연이 깊겠네요?'

-깊지…. 대표이사가 전처(前妻)인데.

'…어?!'

하필이면 찾아온 곳이 차상식의 전처가 오너로 있는 회사라니.

어쩐지 오늘은 귀신의 도움을 받으면 안 되겠다 싶었다.

회사의 로비에 들어서자 여기저기 중년 여성의 프로필사진과 그녀와 관련된 사진들이 벽면 가득 걸려 있었다.

마치 한 사람의 일대기를 사진전으로 풀어놓은 것 같았다.

'그… 전처 되시는 분이 자기애가 충만한가 봐요?'

-충만? 아이고, 충만하다 못해 흘러넘치지!

차상식은 사진을 쳐다보며 몸서리를 쳤다.

뭐랄까, 안 좋은 기억을 떠올리게 해서 사람을 괴롭히는 것처럼 말이다.

'좀 자는 게 어때요?'

-…귀신이 잘 수 있었으면 얼마나 좋겠냐?

'그럼 뭐라도 좀 해요. 보는 내가 다 불안하네.'

-됐어, 괜찮아. 버틸 만해.

천하의 차상식에게도 약점이 있었다니, 의외다.

잠시 후, 제니스 캐피털의 15층으로 올라가는 엘리베이터에 올라탔다.

팅!

엘리베이터에서 내리자 깔끔한 정장차림의 여성들이 한 결과 임석명 상무 일행을 맞이한다.

"임석명 상무님?"

"네, 제가 임석명입니다."

"들어가시죠. 실장님께서 기다리고 계십니다."

15층 복도 끝에는 '출자심사실'이라는 명판이 붙어 있었다.

문을 열자 그 안에서 긴 생머리의 여성이 앉아서 업무를 보고 있었다.

"실장님, 손님 오셨습니다."

"오셨군요. 앉으세요. 강 비서는 따뜻한 것 좀 내오고."

상당히 깐깐해 보이는 그녀는 본부장 일행에게 명함을 한 장씩 돌렸다.

[제니퍼 캐피털 출자심사실장 줄리아나 킴]

'느낌이 딱 교포인데.'

—이 회사에 한국 사람은 별로 없을 거야. 대부분이 검은 머리 외국인이거든.

'대표이사 취향이 좀 독특한 편인가 봐요?'

—대표이사부터가 한국 사람이 아닌데.

'…아!'

—쩝, 뭐 그렇게 됐다.

그제야 보고서를 영어로 작성해 달라고 했던 것이 이해가 되었다.

임석명은 줄리아나 킴에게 보고서를 건넸다.

"펀딩 가능할지 검토해 주셨으면 합니다."

"음… 일단 보기는 할게요. 그렇지만 된다는 보장은 없어요. 아시다시피 요즘 경기가 다들 워낙 어렵잖아요?"

"이해합니다. 목숨 걸고 귀신이 되겠다는 각오로 온 것은 아니니 부담 없이 봐 주셨으면 좋겠습니다."

"그래요. 그럼 잠깐만 기다려 주세요."

깐깐해 보여도 아예 사람이 비집고 들어갈 여지가 없는 건 아닌 것 같았다.

줄리아나 킴은 한 5분쯤 보고서를 살피다가 고개를 갸우뚱했다.

"이거… 누가 쓴 건가요?"

"우리 직원이 쓴 겁니다만."

"그러니까 직원 누구요?"

임석명의 눈길이 한결에게 닿았다.

그러자 줄리아나 킴이 인상을 와락 구겼다.

"그럴 리가 없는데? 아직 20대에 이런 퀄리티가 나온다고? 혹시 HMN에서 일한 적 있어요?"

"아니요, 없습니다!"

"이상하네. 이런 보고서는 예전 HMN 스타일인데?"

"그런가요?"

"시장의 흐름을 이해하는 지성적인 보고서는 과거 HMN의 스타일이죠. 뭐랄까, 클래식하고 약간은 감성적이랄까요?"

"으음……."

"마치 차상식 전 대표님처럼요."

차상식에게 보고서 작성 요령을 배웠으니 당연하게 그 스타일이 묻어나온 것이었다.

줄리아나 킴은 탁자 위로 보고서를 획 던졌다.

"전 별로 마음에 안 드네요. IR담당자는 감정노동자가 아니에요. 투자는 감성으로 하는 게 아니라 직관으로 하는 거죠."

"퇴짜입니까?"

"네, 퇴짜예요."

처음으로 한결의 보고서가 통하지 않았다.

제8장
탈피

마포의 한 대폿집에서 한결과 임석명은 술을 들이켰다.

다소 복잡한 표정이 된 한결에게 임석명은 웃으며 말했다.

"너무 침울해할 필요 없어. 내일 또 다른 투자자를 찾으면 되는 거야. 그게 우리 일이거든."

"…죄송합니다. 제가 너무 감성적으로 글을 쓴 건 아닌지 싶네요."

"뭐, 그런 면이 없지 않기는 하지. 뭐랄까, 지나치게 이상적이라고 해야 하나? 하지만 그렇기 때문에 자네의 보고서가 대단하다는 거야. 우리의 이상향을 툭툭 건드려 주는 매력이 있달까?"

"말씀 감사합니다!"

"오늘 한잔 쭉 마시고 집에 가서 푹 쉬어. 어차피 일이 이렇게 된 거, 더 좋은 투자처를 찾으면 된다고 생각하자고."

제니스 캐피털을 나오자 차상식도 이제 좀 살겠다 싶은 표정이 되었다.

차상식은 소주잔을 보며 군침을 삼켰다.

―…딱 한 잔만 마셔 봤으면 정말 소원이 없겠다!

'그럼 이거 마시고 성불하실래요?'

―인마, 그건 너무 억울하지! 그나저나 왜 이렇게 침울해 있냐? 설마하니 보고서 한 번 까였다고 땅 파고 있는 거야?

'그럴 리가요. 내가 보고서로 까이는 게 어디 하루 이틀의 일인가?'

―그럼 왜 그러는 건데?

'뭔가… 놓치고 있는 건 아닌가 싶어서요.'

―그런 생각도 할 줄 알아? 철들었네?

'내가 뭘 놓치고 있는 것일까요?'

한결은 침울이라는 단어를 생각해 본 적이 없었다. 그럴 시간에 차라리 차선책을 강구하는 편이 낫다고 생각하는 현실주의자였으니까.

차상식은 뭔가 미묘한 미소를 지은 채 말했다.

―아, 됐고! 내일 투자수업이나 잘 준비해 둬.

'준비할 게 뭐 있나요. 늘 하던 대로 하면 되는 거 아니에요.'

―아니야, 내일부터는 조금 다를 거야.

'…어? 왜요?'

-왜긴, 가르칠 게 생겼으니까 그러지. 오늘은 이만 일어나고 내일 일찍 출근하겠다고그래.

머리가 복잡해졌지만, 한결은 자신의 할 일을 잊을 사람은 절대 아니었다.

그런 그의 표정을 바라보던 임석명은 마지막 술이라며 따라 주었다.

"막잔 털고 일어나지. 내일 출근도 해야 할 텐데."

"네, 알겠습니다!"

"자, 그럼 내일도 파이팅하자고."

술잔을 부딪치기 전, 한결은 문득 이런 생각이 들었다.

"그런데 있잖습니까. 상무님께서는 왜 모든 것을 직접 하시는 겁니까?"

"왜냐니? 그게 무슨 소리야?"

"부하들을 시켜도 될 법한 일을 굳이 이사님께서 나설 이유는 없잖습니까? 보통은 그냥 지시로 끝내던데."

임석명은 피식 웃음을 지었다.

"당연한 걸 묻는군. 내가 해야 할 일이 있고, 지시해야 할 일이 있어. 그걸 구분하지 못하는 사람은 리더로서의 자격이 없다고 봐야 하겠지."

"아!"

"자기 할 일을 구분할 줄 아는 사람은 절대 실패하지 않

아. 다소 고난은 있겠지만 말이야."

지금까지는 잘 몰랐지만 임석명은 마인드가 참 좋은 사람이었다.

—나쁘지 않네. 앞으로 저 친구와 친하게 지내. 네게 득이 되면 득이 되었지 나쁠 일은 없겠다.

'내 생각도 그래요.'

한결은 마지막 소주를 넘겼다.

§ § §

집에 돌아온 한결은 바닥에 놓인 자신이 쓴 보고서를 가만히 노려보았다.

—술 먹고 보고서가 눈에 들어오겠냐? 얼른 잠이나 자.

"안 취했어요. 이 정도는 괜찮아요."

—그래서, 뭐가 보이긴 하고?

"글쎄요…. 뭔가 하나 빠진 것 같기는 한데, 그게 뭔지 잘 모르겠네요."

—인마, 그런다고 안 될 게 되지는 않아. 얼른 잠이나 자.

한결은 그제야 보고서 파일을 덮고 잠자리에 들었다.

그런 그에게 차상식은 한 마디 툭 던졌다.

—결국, 모든 가설에 있어서 가장 중요한 것은 검증이란 걸 잊지 마.

순간 한결의 눈이 번쩍 뜨였다.

"···검증?"

§ § §

다음 날 아침.

한결은 새벽 5시에 출근도장을 찍었다.

어찌나 일찍 나왔으면 보안팀에서 한결을 보고 깜짝 놀랄 정도였다.

"아, 놀래라! 벌써 출근하는 사람이 다 있네. 어디 부서예요?"

"투자본부요!"

"잠깐만요. 문 열어 드릴게요."

아직 빌딩 입구도 안 열린 상태였다.

한마디로 한결보다 먼저 출근한 사람은 한 명도 없다는 뜻이다.

한결은 출근하자마자 전산을 뒤지기 시작했다.

-뭘 뒤지는 거야? 내가 숙제를 내준다 한 걸 잊었어?

"한 시간만 있다가요! 지금은 할 게 좀 있어요."

-뭔데?

"···한 시간만 말 걸지 마요."

한결은 정신없이 데이터베이스를 뒤지기 시작했고, 차상

식은 만족스러운 표정으로 그런 한결을 지켜보았다.

[검색어 : 화물터미널 물류 동향]

한결은 물류 동향을 검색한 뒤, 그것을 날짜별로 분류해서 포인트를 잡아 역추적하기 시작했다.

A라는 물건이 어디서 왔고, 어떻게 적재되었으며, 같은 종류의 화물이 얼마나 쌓여 있는지 파악하는 것이었다.

그 모습을 지켜보는 차상식의 입꼬리가 올라갔다.

-자, 한 시간 끝!

"아, 쫌! 말이 그런 거였지, 조금만 더 기다려 봐요."

-어허! 배우는 자세가 글러 먹었네! 어딜 학생이 선생한테 말대답을!

"어휴! 알겠어요. 뭘 하면 되는데요?"

-오늘부터 너는 아침마다 보고서를 하나씩 읽을 거야. 다른 사람이 쓴 보고서.

"남의 보고서? 스타일을 바꾸라는 건가요?"

-그렇게 거창한 것까진 아니고, 그냥 노하우를 쌓으라는 거지.

"…알겠어요. 읽을 게 뭔데요?"

-아성물산에서 최근에 나온 IR보고서를 읽어 봐.

"아성물산이면… 우리 파트너 기업인데? 평택에서 보관

물류를 운영하잖아요."

－투자는 무역과도 깊은 관련이 있어. 일단 아성물산의
IR보고서를 읽어 봐.

"휴! 뭐, 알겠어요."

그다지 내키지는 않더라도 시키는 건 척척 해내는 한결
이었다.

다만, 원래 아침에 하던 루틴대로 뉴욕증시를 살피고 금
융가의 현황을 체크하여 정보 노트를 기록한 뒤에 보고서
를 정독하기로 했다.

"원래 하던 루틴은 그대로 가지고 가도 되죠?"

－엿장수 마음대로~.

남은 루틴을 소화해 내고 평소와 다름없이 증시를 체크
해 나갔다.

그러다가 뜻밖의 소식을 접하게 되었다.

[홍콩, 대만으로 대규모 자본유입 시사…]
[대, 홍 금융권의 시선집중, 반도체 대세론 부활하는가?]

"…대규모 자본유입?"

－호재네? 네가 샀던 주식이 오르려나 보다.

"그런데 저 대규모 자본은 어디서 온 걸까요?"

－그야 아직은 모르지.

자본의 출처에 따라 호재를 어떻게 굴리고 적용할지 전략을 세울 수 있게 된다.

순간 한결은 한 사람의 얼굴이 번뜩 떠올랐다.

"아참! 내 정신 좀 봐! 여왕벌!"

─그러네. 어제 여왕벌에게서 전화가 왔던가?

"대진은행 쪽으로 한번 알아봐야겠어요!"

§ § §

아침나절부터 무려 15개 사모펀드에 보고서를 돌린 후, 한결은 거의 녹초가 되어 회사로 돌아왔다.

한결은 오 부장에게 업무완료를 보고했다.

"보고서 배포는 끝났습니다!"

"그럼 뭐, 이제 기다리는 일만 남은 건가? 막내, 고생 많았어! 들어가 쉬어."

"네!"

오 부장은 쓸데없는 추가근무라든지 의미 없는 야근 따위는 시키지 않는다. 그럴 바엔 효율을 극대화하는 자기 업무에 집중하는 것이 낫다고 생각하는 주의였다.

덕분에 칼퇴근을 하게 된 한결은 대진은행 앞에서 양유진을 기다렸다.

그러는 동안 차상식이 내어 준 숙제를 했다.

[아성물산 IR보고서]

IR보고서에는 최근 아성물산으로 들어오는 총물량은 줄었지만, 돈이 되는 물건은 더 많아졌다는 것이 표시되어 있었다.

"부피는 작은데 운임이 더 비싼 물건이라? 원래 첨단소재 쪽은 운임이 더 비싼가요?"

–보험료가 비싸니까 당연한 얘기 아니냐?

"아, 맞네!"

–종합상사에 다닌다는 놈이 그런 것도 모르냐?

"허구한 날 보고서만 죽어라 쓰고 있었으니, 알 턱이…. 아! 그러네. 종합상사에 다니는데 물류에 대해서 너무 무지했어. 그 때문에 보고서를 읽어 보라고 그런 건가요?"

–짜식, 뭐, 비슷하긴 해. 아무튼, 계속 읽어 봐. 도움이 될 거야.

처음에는 뭘 이런 말도 안 되는 걸 시키나 싶었지만, 보고서를 읽어 나갈수록 한결은 자신이 너무 근시안적이었다는 것을 깨닫게 되었다.

"종합상사에서의 투자라는 게 결국에는 물류산업과 연관된 건데, 나는 그걸 빼먹고 있었던 거네요."

–투자라는 건 테마에 따라서 그 형태가 달라지는 법이야. 앞으로 네가 투자를 계속하겠다고 한다면, 자신의 취급 분야에 대해서 전문가 이상으로 알아야 한다는 걸 명심해.

투자의 분야는 넓고, 네가 LP로 일할 수도 있고 GP로 일할 수도 있잖아? 이런 거시적 관점은 양쪽 모두에게 도움이 될 거야. 그러니 취급 분야에 대해서 정보를 취득할 수 있는 나름의 노하우를 만들어 보라고.

"이야… 역시 성격은 괴팍해도 실력은 여전하시네요."

－다 좋은데, 그 앞에 한 말이 좀 거슬린다?

"큭큭큭!"

한결이 보고서를 읽으면서 차상식과 의견을 주고받는데 저 멀리서 순백의 원피스를 입은 여성이 등장했다.

양유진은 한결을 보며 반갑게 손을 흔든다.

"한결아!"

"어, 왔냐?"

"어머, 얘! 반응이 그게 뭐니? 사람들이 보면 우리가 무슨 남매인 줄 알겠다!"

"뭐… 그 비슷한 관계 아니야?"

"엥? 그게 무슨 섭섭한 말씀?!"

"그럼 너랑 남녀 사이겠냐?"

"어머머? 아무리 그래도 남매는 아니지!"

"아무튼, 시스터, 오늘 왜 보자고 한 거야?"

"…어휴, 저 깍쟁이! 이쪽으로 와. 밥이라도 먹으면서 얘기하자. 내가 잘하는 기사식당을 알아."

순백의 원피스를 입고도 백반집으로 향한다는 양유진의

모습에 한결은 의외라는 생각을 했다.

"생각보다 털털하다?"

"털털⋯. 지금 그게 중요한 게 아니야. 아무튼, 얼른 가자! 소주 고파!"

"엉? 소주?"

양유진은 본인이 선언한 대로 한결을 데리고 근처 기사식당으로 들어갔다.

"이모오~ 여기 백반 2인에 소주 한 병이용~."

"아가씨 왔어? 어쩜 말을 이렇게 예쁘게 하나 몰라?"

"히힛!"

한결은 양유진의 친화력에 놀랐고, 차상식은 백반집의 소주 한 잔에 애가 닳았다.

─야, 씨! 쟤 뭘 좀 아네! 여기 기사식당이 주당들의 성지 아니냐!

'아저씨는 안 그렇게 생겨선 상당히 토속적이시네요.'

─⋯아! 이래서 내가 성불을 못 해, 젠장!

잠시 후, 백반이 차려져 나오자 양유진은 소주를 개봉했다.

"많이 힘든가 봐? 백반집에서 소주를 다 찾고."

"응? 여긴 소주 1병이 기본 각인데? 넌 뭘 모르는구나?"

"⋯귀신이나 사람이나 소주 찾는 게 국룰이 된 건가??"

"뭐, 귀신?"

"아, 아니야, 아무것도. 그나저나 진짜 무슨 일인데그래?"

양유진이 씁쓸한 표정으로 자신의 사정을 털어놓기 시작했다.

"…요즘 이직 생각이 너무 난다."

"이직? 갑자기 무슨 이직?"

"실적이 영 개판이라서…. 얘, 한결아! 혹시 사모펀드 중에 잘 아는 데 있으면 소개 좀 해 주라! 응?!"

"실적이 뭐 얼마나 안 좋길래?"

"얘, 말도 마! 요즘에 항만창고에 쌓인 물건들 덤핑한다고 신용장 회수도 안 될 정도야! 본전치기도 안 된다니까?!"

"…덤핑?"

"덤핑은 기본이고 네고는 거의 일상이야. 요즘에는 있잖아, 어음을 그냥 바닥에 버리는 수준으로 막 손을 턴다니까?!"

순간 한결은 머릿속으로 번개가 팍 하고 날아와 꽂히는 느낌을 받았다.

"소주 한 잔… 줘 봐."

"오홍? 너도 뭘 좀 아는구나?"

"있잖아, 유진아. 너, 이직하지 마."

"어? 그게 갑자기 무슨 개떡 같은 소리야? 이러다간 이직 전에 잘리게 생겼다니까?"

"내가 안 잘리게 해 줄게!"

"엥?"

"우리 거래하자!"

"거래?"

"혹시 INE파트너스라는 회사 알아?"

§ § §

다음 날 아침.

한결은 초조하게 팩스 앞을 맴돌았다.

"…지금쯤이면 찾았으려나?"

─진짜 잔머리로는 청출어람이구나! 저번에 캐낸 그 짧은 정보로 떡밥을 던질 생각을 다 하다니. 어떤 의미로는 참 대단하다, 야!

바로 그때, 팩스가 쭉 튀어나왔다.

삐비비빅!

[평택항 첨단소재 재고현황…]

[첨단소재 거래현황…]

[덤핑재고 현황 총괄…]

"아싸! 빙고!"

한결은 INE가 이제 곧 라라 코인 사태로 문을 닫을지도 모른다는 얘기를 듣곤 해당 계열사였던 강소기업들의 평균 매출을 산출해 보았었다.

그랬더니 도합 4,700억 원이 넘는 엄청난 유망주라는 것을 알 수 있게 된 것이었다.

"INE는 도대체 왜 강소기업들의 지분을 매각하겠다는 것일까요?"

—아마도 반도체 산업이 불황이었기 때문이겠지. 미래가 없다고 판단한 거야. 원래 감탄고토(甘呑苦吐)가 기본이긴 하지만, 폐쇄적인 사모펀드일수록 더 심해. 소수정예로 굴러가다 보니 LP의 입김이 엄청나거든. 잘못하면 본전도 못 찾고 돈만 빨리고 끝날 수도 있는 거야.

"그래서 본전을 찾을 수 있을 때 털고 튀려는 거구나."

—그나저나 여왕벌도 대단하다. 야! 어떻게 네 말 한마디만 믿고 그렇게 올인을 할 수가 있는 거지?

"담이 커졌나 보죠."

—으흐흐! 딴마음이 있는 건 아니고?

"…말도 안 되는 소리를! 아무튼 간에 이제 재고만 파악하면 되는 거네요?"

한결은 INE의 정보를 넘겨주는 대가로 첨단소재의 재고 수량 및 현재 가격 동향 등에 대한 데이터를 받아 냈다.

이것은 자사의 영업기밀이 될 수도 있는 것이기 때문에 절대 외부로는 유출하지 않는 자료였지만, 금융권에 대해서는 얘기가 달랐다. 최대한 자신들을 어필하고 지금의 상황이 어떤지 자세히 알아봐야 하기 때문이다.

또한, 불량여신으로 인한 부실채권 홍수를 막아내기 위해 세세한 정보를 파악하다 보니 재고수량이라든지 덤핑에 대한 정보는 상당히 세세하고 꼼꼼할 수밖에 없다.

그런 알짜정보를 받았으니 이제 이것을 시황에 맞게 보고서와 엮으면 금상첨화다.

물론 정보를 직접 눈으로 확인하고 앞으로 첨단산업이 다시 호황기를 맞을 것이라는 확신이 들어야 한다.

그에 대한 것은 양유진이 직접 확인해 주기로 했다.

지이이잉!

[발신자 : 양유진]

벌써 확인이 끝난 모양이다.

"응, 나야."

—어머, 얘! 히트다, 히트! 지금 홍콩계 정밀공업 쪽에서 한화 2,000억을 풀어서 대대적인 반도체 매입을 시작했대!

"…오?!"

—대만 쪽에서는 지금 스마트폰 관련 사업 때문에 분기에 3,500억씩 풀 예정이라고 하고! 넌 도대체 이런 정보는 어디서 얻었니? 너어는 이런 거 있으면 누나랑 좀 나눠 먹고 그러지! 응?!

"대박!"

─아참, 이건 참고사항인데 말이야, 스마트폰 사업을 겨냥하는 곳이 동남아시아야. 알지? 요즘 동남아시아로 가전제품 엄청 들어가는 거. 아무래도 자본이 조만간 그쪽으로 움직일 것 같아. 누나가 주는 서비스~.

"고맙다, 유진아! 내가 나중에 한잔 제대로 살게!"

 ─헤헷, 별말씀을!

여왕벌이 은혜를 다 갚다니, 한결은 그야말로 감회가 새로웠다.

'어쨌거나 대박이 맞기는 하네요!'

 ─어쭈구리… 감 좋은데?

'아무튼 간에 그럼 현물만 확인하면 게임 끝이라는 얘기죠?'

 ─그런 셈이지.

한결은 자리에서 벌떡 일어나 임석명의 집무실로 향했다.

§ § §

한결은 양유진에게 받은 정보를 살짝 각색해서 보고서로 엮었다.

그 보고서를 받은 임석명의 표정은 그야말로 시시각각으로 변했다.

"이게 사실이야?"

"네, 그렇습니다!"

"좋아! 그럼 우리가 남은 첨단소재 물량을 깡그리 긁어모으자고!"

"우선은 실물을 눈으로 확인해야 할 것 같은데, 제게 두 시간만 주시겠습니까?"

임석명은 가만히 생각하더니 이내 고개를 가로저었다.

"아니야, 같이 가."

"상무님께서 직접 가시려고요?"

"자네는 당장 실물확인 스케줄부터 잡아. 지금 당장, 두 시간 내로 실시할 수 있도록. 그리고 준비되면 지하주차장으로 내려와. 내 차 뭔지 알지?"

"넵!"

임석명은 그야말로 거침없이 움직였다. 그에 따라서 한결 역시 각 창고에 연락해서 조만간 재고를 인수하려 한다는 말을 전했다.

─…재고를 인수해요? 그래 주면 우리야 고맙지! 그런데 굳이 왜요?

"재고를 비축하려고요!"

─이 불경기에?

"한 달이고 두 달이고 기다리면 오르지 않겠어요?"

─뭐, 그건 그렇긴 한데…. 아무튼, 알겠어요.

홍콩과 대만이 움직인다고 해서 반도체 가격이 금방 오르거나 하지는 않는다. 또한, 대만과 홍콩이 동남아시아를 겨냥한다고 해서 IX인터가 수혜를 입으리라는 보장도 없다.

다만, 한 가지 확실한 것은 길어 봤자 3개월 내에 첨단소재 가격은 반드시 오른다는 것이었다.

한결은 그러한 확신하에 출장 준비를 해서 지하주차장으로 내려갔다.

"상무님! 늦어서 죄송합니다! 운전은 제가……."

"지금 그럴 시간이 없어. 벨트 매."

"넵!"

임석명은 고급 SUV의 성능을 십분 발휘하여 현재 낼 수 있는 최고속력으로 회사를 빠져나가 강남으로 향했다.

부아아앙!

─어우야! 거의 카레이서 수준인데?! 나이스!

'보험이라도 좀 빵빵하게 들어 놓고 타는 건데…….'

옆에 탄 사람의 오금이 저릴 정도로 액셀레이터를 밟아 대는 임석명은 순식간에 제니스 캐피털 앞에 도착했다.

그곳에는 며칠 전에 보았던 줄리아나 킴이 서 있었다.

"실장님, 타시죠!"

"…이렇게까지 해야 하나요?"

"비즈니스맨이 돈을 벌기 위해서라면 못 할 게 뭐가 있겠습니까?"

"뭐, 그건 그렇지만요."

줄리아나 킴은 한결을 보더니 살짝 목례를 했다. 굳이 길게 인사를 할 필요가 없다는 것으로 해석되기도 했다.

"갑시다! 가서 눈으로 직접 물건을 확인해 보고, 투자할 마음이 생긴다면 그때는 현장에서 결재해 주시죠."

"음… 뭐, 좋아요. 신한결 씨, 한번 믿어 보겠어요."

아마도 임석명은 줄리아나 킴과 일종의 내기를 한 모양이었다.

보고서가 과연 낭만으로만 쓰였는지 아닌지 말이다.

§ § §

두 시간쯤 지났을 무렵.

한결과 일행들은 평택의 한 항만창고에 도착했다.

이곳에는 아직 출고되지 않은 악성재고들이 가득 쌓여 있었는데 대부분이 IT와 첨단산업에 관련된 공업용품들의 핵심소재들이었다.

드르르륵! 쿵!

묵직한 창고 문을 열고 안으로 들어가자 그야말로 컨테이너가 산더미처럼 쌓여 있었다.

"창고째로 30% 덤핑으로 준다 해도 안 사 간다는 사람들이 많았습니다. 그런데도 이걸 다 사시겠다고요?"

첨단소재 납품업체인 레드체인 로지스의 관계자들은 다

소 심드렁한 표정으로 창고문을 열어 주었다.

하지만 그걸 바라보는 한결의 표정과 임석명의 표정은 달랐다.

"…진짜로 쌓여 있었네?"

한결은 다소 미묘한 표정으로 서 있는 줄리아나 킴을 향해 돌아섰다.

그리곤 꾸벅 허리를 숙였다.

"제가 보고서 작성에 미숙했던 점, 사과드리겠습니다! 만약 괜찮으시다면 이것을 첨부자료로 받아 주셨으면 합니다!"

"아까 임 상무님께서 말씀하시길, 대만과 홍콩에 호재가 있다고 하던데, 확실한 겁니까?"

"네, 그렇습니다! 출처가…."

"그 출처까지 알아야 할 필요는 없고요, 확실하냐고 묻는 겁니다."

사모펀드는 어떤 방식으로든 수익을 내야 하는 집단이다. 그 말인즉슨 굳이 출처를 꼬치꼬치 캐묻지 않아도 정보만 확실하면 된다는 뜻이다.

한결은 확신에 찬 대답을 주었다.

"네!"

"…음."

줄리아나 킴은 투자기관은 보수적이어야 한다는 것을 몸소 보여 주고 있었다.

한동안 고민하던 줄리아나 킴은 한 마디를 더했다.

"한 가지 조건이 있어요."

"말씀하시죠."

"3개월 내로 수익이 안 난다? 그럼 바로 투자금 회수입니다. 아셨어요?"

"물론입니다!"

"좋아요, 한번 믿어 보도록 하죠. 임 상무님?"

뒤에서 한결을 가만히 지켜보고 있던 임 상무가 앞으로 나왔다.

"계약하시겠습니까?"

"여기서 바로 결재할게요."

드디어 HMN의 입을 닫게 만들 거래를 성사시켰다.

§ § §

그날 저녁.

한결은 겸허한 마음으로 HMN 주재 투자고문회의의 결과를 기다리고 있었다.

-긴장 안 되냐?

"최선을 다했으면 됐죠. 나머지는 하늘의 뜻에 맡길 문제 아닌가요?"

-말하는 게 꼭 팔순 노인 같다?

"어차피 더 이상 할 수 있는 게 없는걸요."

-뭐, 그건 그렇지.

지이이잉!

한결은 주머니에서 진동이 느껴졌다.

[양유진 : 회수절차 밟고 강소기업 대출 성공! 나중에 내가 밥 살게!]

"저쪽은 이제 위기탈출을 했네요."

-오! 꼬맹 씨, 홈런 제대로 치셨는데?

"운이 좋았던 거죠."

딩동!

이번에는 구독하고 있는 한강일보의 새 소식이 들려왔다.

[중앙지검, 수산물 카르텔 관계 인물 30인 검거 성공]

"일망타진한 건가?"

-아니, 택도 없을걸?

"카르텔이 그 정도로 규모가 커요?"

-규모가 큰 건 아닌데, 조직이 한두 개가 아니야. 사모펀드와도 연관되어 있고 말이지.

"아!"

-아무튼 간에 네게는 희소식이네? 이 건으로 기자의 코

도 확실히 꿰고 회사에서도 제대로 인정받을 테니 말이지.

"요즘 일이 잘 풀리네요. 아저씨 덕분이겠죠?"

-으! 갑자기 무슨 닭살 멘트? 혹시 암 걸린 건 아니지?

"…좋은 말을 해 줘도, 꼭."

자리에서 한참을 기다리고 있는데 인기척이 느껴져서 자리에서 일어났다.

"어이, 한결이!"

"부장님! 어떻게 됐습니까?"

투자고문회의에 갔던 오 부장이 사무실로 내려왔다.

그는 한결의 양어깨를 꽉 잡더니 호탕하게 웃었다.

"으하하하! 우리 막내가 또 한 건 해냈네! HMN에서 이번에는 꼬리를 말아 버리더라고!"

"아! 고생하셨습니다!"

"고생은 무슨! 상무님께서 오늘은 3차까지 작정하고 쏘시겠다더군. 자네도 갈 거지?"

"물론입니다!"

"자자, 그럼 출발하자고!"

회의를 마친 임 상무는 한결과 오 부장을 데리고 강남의 고급 비즈니스 클럽으로 향했다.

태어나서 룸이란 곳에서 양주를 마셔 보는 것은 또 처음인지라 한결은 그저 어안이 벙벙하기만 했다.

"자, 한 잔 받아."

"네, 상무님! 감사합니다!"

"한결이 자네 덕분에 내가 아주 제대로 체면치레를 했다고! 잘했어! 아주 잘했어!"

"아닙니다! 그저 할 일을 했을 뿐입니다!"

"곧 승진심사 있지? 이사회에서 자네를 과장으로 특진시키라고 하더군."

"예?!"

"지금 비어 있는 기획팀에서 자네에게 기획을 맡아 보게 하자더라고. 자네는 어떻게 생각해?"

이제 곧 입사 3년 차가 되는 한결에게는 엄청난 파격 인사였다.

물론 3년 차 과장 진급이 전례가 없는 것은 아니었다.

하지만 한결은 순혈 공채 입사는커녕 반쪽짜리 뒷구멍 특채 출신이었다.

어떤 의미로 보면 뒷구멍 입사라는 굴레에서 드디어 탈피하게 된 것이다.

"감사합니다! 열심히 하겠습니다!"

"딱 지금처럼만, 지금 이대로만 해 줘. 알겠나?"

"넵!"

"자자, 다들 들어오라고 해!"

오늘 한결의 밤은 그 어느 때보다 화려했다.

제9장
영전

승진심사가 진행되는 동안 한결은 일주일 동안 유급휴가를 받았다.

　부서이동을 위한 대기기간이자 포상이라고 할 수 있었다.

　한결은 그동안 계획했던 CPA 1차 시험을 치렀다. 마침 운이 좋게 시험일정이 맞았다.

　CPA 시험장에 도착하니 감회가 새로워졌다.

　"세상에, 내가 CPA를 다시 보게 될 줄이야."

　-이번에는 무조건 합격이야. 내 촉이 그래.

　"시험 때는 안 도와주실 거죠?"

　-당연하지.

　차상식은 한결에게 여러 가지 헤엄치는 방법을 가르쳤지만, 그중에 땅 짚고 헤엄치는 방법은 없었다.

CPA도 마찬가지였다.

잠시 후, 시험이 시작되었다.

'문제가 생각보다 쉽네? 이번에는 물 CPA인가?'

-큭큭, 물 CPA가 어디 있냐? 회계사를 뽑는데 물시험을 친다는 건 말이 안 되지.

그야말로 몇 달 전과는 아예 다른 사람이 되어 버렸다.

한결은 그동안 배운 것을 토대로 시험을 풀어 나갔다. 막힘이 없었고, 그야말로 파죽지세였다.

딩동댕동!

-응시한 수험생 여러분, 모두 수고 많으셨습니다….

시험을 마치고 나오는 한결의 표정이 무척이나 가벼워 보인다.

어쩌면 2차 시험까지도 무난하게 통과할 것 같은 느낌마저 들었다.

-보니까 만점이더라?

'그걸 아저씨가 어떻게 알아요?'

-인마, 보면 모르냐? 딱 보면 알지. 너 따라서 공부하다 보니까 알아서 복기가 되더라. 그래서 이제는 문제만 보면 답이 딱 떠올라. 어휴, 지겨워!

정말 열성적인 부모는 때론 자식의 고3 수험생 생활을 그대로 따라 하기도 한다. 그러다가 부모가 덜컥 명문대에 합격하는 기현상이 나오기도 했으니, 누군가를 가르친다는 것은 공부하는 사람만큼이나 힘든 일인 것이다.

　－아무튼, 4개월 뒤에 2차만 보면 끝이네?

　'이게 다 아저씨 덕분이네요. 혹시 소원이라든지 뭐, 그런 거 있으면 말하세요. 내친김에 들어 드릴게요.'

　－너 같은 깍쟁이가 어쩐 일이냐?

　'저번에 아저씨가 고민을 털어놓았던 게 생각나서요. 아저씨 전생이랑 관련 있는 거죠?'

　－어, 뭐… 그렇다면 그런 거고.

　'아무튼 간에 하고 싶은 거 있으면 말하세요. 들어줄 테니까.'

　－나 참, 뭐, 좋다! 네가 정 그렇게 말한다면야 나도 가감 없이 얘기해 볼게.

　'뭔데요?'

　차상식은 정말이지 가감 없이 자신이 원하는 것을 말했다.

　－꽃 좀 보내 줘.

　'꽃?'

　－오늘이 전처 생일이거든.

　'…저번에 그렇게 진저리가 나도록 싫어한다고 하지 않으셨어요?'

　－인마, 부부 사이는 본인들만 아는 거야. 아직 모쏠인 총각이 뭘 알겠냐?

　'거참, 모쏠 아니라니까 그러네!'

-아무튼 간에 보내 줄 수 있어?

'그래요. 뭐, 그리 어려운 일도 아닌데.'

-아내가 제비꽃을 좋아해. 거기에 안개꽃 적당히 섞어서 보내 줘. 아참, 그리고 샤넬 넘버5도 좀 뿌려 주고.

'꽃에 향수를 뿌려요? 왜?'

-취향이야. 존중해 줘.

'어… 뭐, 그러죠.'

다소 까다로운 취향이긴 하나, 한결은 대체로 취향을 존중하는 편이다.

-아참, 그리고 하나 더.

'거참… 뭔 주문이 그렇게 많아요?'

-이건 꼭 넣어야 해.

§ § §

늦은 밤, 제니스 캐피털 대표이사 집무실 밖에서 인기척이 느껴졌다.

똑똑.

"들어와."

대표이사 로한나 쿠스버트의 목소리에 비서실장 로버트 박이 문을 열고 들어왔다. 그리고 꽃다발을 건넸다.

로한나 대표가 피식 웃었다.

"뭐야, 생일이라고 주는 거야?"

"아니요, 대표님 선물은 차에 준비해 놨습니다."

"그럼 이건 뭔데?"

"꽃배달이랍니다."

"배달?"

"대표님께서 쓰시는 샤넬 넘버5가 뿌려져 있더군요."

순간 로한나 쿠스버트의 미간이 미묘하게 꿈틀거렸다.

그녀는 로버트 박에게 손을 휘휘 내저어 보였다.

"그만 들어가 봐. 오늘은 나 혼자 있고 싶어."

"그렇지만⋯⋯."

"들어가."

"네, 알겠습니다. 생신 축하드립니다."

로버트 박이 문을 닫고 나가자 로한나는 꽃을 가지고 소
파에 걸터앉았다.

꽃다발에는 제비꽃, 안개꽃이 수놓아져 있었고 정말로
샤넬 넘버5의 향이 은은하게 풍겨 나왔다.

"⋯도대체 누가 보낸 거야?"

꽃에 향수를 뿌려서 주는 사람은 드물다. 심지어 상대방
이 즐겨 쓰는 향수를 뿌려서 꽃을 선물하는 사람이 어디 있
단 말인가?

이런 짓을 할 만한 사람은 한 사람뿐인데, 그는 이미 저
세상 사람이 되고 없다.

로한나가 다소 심란한 표정이 되어 버린 그때였다.

꽃의 끄트머리에 작은 빨간색 머리핀이 꽂혀 있는 것이 보였다.

순간 그녀의 눈이 휘둥그레졌다.

"어?"

이것은 두 사람만의 신호였다.

'안녕'이라는 뜻의 신호. 이 세상 누구도 모르는 두 사람만의 은밀한 신호였다.

그것도 신혼 초반에나 썼던 신호였다.

"…뭐야, 이 인간 설마 살아 있… 을 리가 없잖아!!"

뛰는 가슴이 진정되지 않는다.

떨리는 마음을 주체할 수 없어서 사무실에 있던 접대용 위스키를 한 잔 따라 마셨다.

꿀꺽!

그제야 서서히 진정되는 것 같은 느낌이 든다.

그러면서 이 사건에 대해 진지하게 생각하기 시작했다.

"그 인간이 아무리 또라이라도 이런 짓을 아무렇게나 할 위인은 아니야…. 뭔가 더 있어!"

로한나는 방금 나간 비서실장에게 전화를 걸었다.

"박 실장, 일 하나만 해 줘. 꽃다발의 발신지를 찾아서 가져와 주겠어?"

-10분 내로 알아 오겠습니다.

§ § §

일주일의 유급휴가를 끝내고 회사로 복귀한 한결은 짐을 챙겨서 기획팀 사무실에 들어섰다.

사무실은 텅 비어 있었다.

"…아무도 없네?"

이 넓은 사무실에 있는 사람이라곤 한결 자신뿐이었다.

-오히려 널널해서 좋지 않냐?

"흠… 뭐, 그렇긴 하죠!"

족히 열두 명은 들어갈 법한 사무실을 혼자서 쓴다는 것은 어쩌면 직장인의 작은 로망 같은 게 아닐까?

한결은 짐을 풀고 사무실을 둘러보았다.

자리에는 모니터가 다섯 개인 컴퓨터에 태블릿도 엄청 많이 구비되어 있었다. 또한, 푹신한 의자는 잠이 절로 들 법했다.

"…자리 죽이네?"

-야, 저기 냉장고도 있다. 탕비실까지? 옆에는 간이침대도 있는 것 같고? 본부장이 정말 아끼기는 했나 보다.

"그런데 배신을 당했으니 충격이 정말 컸겠는데요? 그런데도 아무렇지 않아 보였어요."

-상무이사 정도 되면 그 정도 멘탈은 가지고 있어야지. 네가 오너래도 그런 사람을 본부장에 앉히지, 사사건건 징

징거리는 찐따 새끼를 앉히고 싶겠냐?

"그건 그러네요."

사람은 없어도 있을 건 다 있었다.

이제 이곳이 한결의 일터다.

한결은 짐을 풀자마자 업무를 개시했다.

사내 SNS를 켜자 이틀 뒤에 투자본부회의가 있다는 알람이 떴다.

[…신생 프로젝트 개발에 관한 회의]

[장소 : 투자본부회의실]

"발령을 받자마자 기획을 짜내야 하게 생겼네요?"

—음… 그럼 이참에 투자수업 받는 김에 기획 하나만 하자.

"어, 그래도 괜찮아요? 투자랑 회사랑 엮이면 안 되지 않나?"

—거참, 담도 작은 놈일세. 내가 몇 번이나 말하지만, 너는 투자회사 직원도 아니고 애널리스트도 아냐. 그냥 회사원일 뿐이야. 게다가 회사에서 투자하는 종목에 직접투자를 하면 모를까, 동종업계에 투자하는 건 상관없지.

"아하, 그렇구나! 내가 원래 법에 좀 민감해서 그래요. 이런 습관도 고쳐야겠네."

차상식은 잠시 생각해 보더니 고개를 가로저었다.

-아니야, 그런 습관은 고칠 필요 없어. 투자 기조를 살피는 데 법에 민감한 것보다 좋은 습관도 없지.

"나는 고칠 게 많은 인간인 줄 알았는데, 의외로 그게 장점일 때도 있네요?"

-고칠 게 많기는 하지. 하지만 그 핀트를 잘못 맞췄다는 게 문제 아니겠냐?

"그런가? 아무튼 간에 이번 투자수업은 뭔데요?"

-너, 최근 상품시장에서 제일 잘나가는 두 가지가 뭔 줄 아냐?

"설탕?"

-으음, 아니, 펄프랑 치즈야.

"그래요? 난 금시초문인데."

-당연하지. 펄프는 몰라도 치즈는 이제 막 품귀가 시작되었을 테니까.

순간 한결은 고개를 갸웃거렸다.

"…품귀가 될 걸 미리 알고 있었다고요?"

-너도 보면 이해가 될 거야. 그거 한번 쓰자.

"아저씨 보물창고 말이에요?"

-그래, 곳간 한번 열어 보자.

한결은 익숙한 손놀림으로 스마트폰 웹하드에 접속했다.

"검색어는 펄프랑 치즈라고 치면 되는 거예요?"

-아니, 옥수수 흉작.

"…옥수수? 뜬금없이 웬 옥수수?"

─일단 쳐 봐, 인마. 쓸데없는 질문 그만하고.

고개를 갸웃거리면서도 한결은 옥수수를 검색했다.

그러자 미국과 유럽, 아시아, 호주, 아프리카, 아메리카로 나뉜 폴더가 모습을 드러냈다.

─거기서 유럽 더블클릭, 그리고 안으로 들어가면 바이오디젤이라고 있어. 그걸 열어 봐.

"바이오디젤?"

─이제 알겠냐? 펄프랑 치즈가 왜 옥수수 때문에 가격이 올랐는지.

"허!"

─긴장해라. 이젠 이걸로 옵션을 배울 거니까.

§ § §

그날 오후, 임 상무가 한결을 찾아왔다.

"사무실은 마음에 드나?"

"네, 상무님! 너무 마음에 듭니다!"

"조만간 정민호 팀장 빼고 전원 복귀할 것 같으니까 사무실이 너무 휑해도 좀 이해해."

"아닙니다. 감사합니다!"

"하하, 그래, 필요한 거 있으면 얘기하고."

"넵!"

"아참, 그리고 있잖아. 제니스 캐피털에서 조만간 자네랑 미팅을 좀 갖고 싶다고 하네?"

"출자심사실장 말입니까?"

"아니야, 비서실장이라고 하던데?"

너무나도 뜻밖의 인물이 등장하자 한결은 고개를 갸웃거릴 수밖에는 없었다.

"비서실이요? 거기서 왜 저를….."

"글쎄, 나도 그것까진 잘 몰라. 아무튼 간에 투자미팅이라고 하니까 우리 차기작 얘기가 나올 수도 있겠어. 관련 자료 잘 준비해서 만나 봐."

"예, 알겠습니다!"

제니스 캐피털과는 내적 친밀감은 있으나 겉으로는 그다지 접점이 없는 것이 사실이었다.

'무슨 일일까요?'

–글쎄다. 그 여자 속을 내가 어떻게 알겠냐?

'원래 이렇게 갑자기 사람을 찾아오는 걸 즐기는 타입인가요?'

–음, 잘 모르겠는데?

'…어째 말투가 좀 수상한데? 뭐 숨기는 거 있어요?'

–숨기는 거라니, 그런 거 없는데?

워낙 속을 알 수 없는 인물이라 한결은 차상식의 행동 이후에는 항상 이렇게 생각이 복잡해지곤 한다.

하지만 나쁜 일은 아니라는 묘한 직감이 들었다.

'투자에 관한 건가?'

―아무튼, 잘 만나 보자고. 제니스 캐피털은 그로스 캐피털이나 바이아웃에서는 알아주는 회사야. 벤처캐피털도 잘 굴리고 말이지.

'음… 아무튼 알겠어요. 한번 만나 볼게요.'

―적당한 시기에 만나서 합을 잘 맞춰 봐. 나쁠 것 없을 거야.

신생기업을 키워 주는 그로스 캐피털이나 스타트업을 지원하는 벤처캐피털 등은 한국 기업의 생태에 아주 중요한 역할을 해 준다.

그런 회사와 연이 닿으면 한결에게 있어서도 그리 나쁠 건 없다.

지이이잉!

오늘의 업무를 정리하고 회사를 나가려는 한결에게 전화가 왔다.

[발신자 : 김유철]

"여보세요?"

―한결아! 으하하! 친구야, 대박이다!

"대박이라니?"

—네가 하라는 대로 투자했거든? 한 달 만에 딱 두 배 벌었다! 이야, 이게 도대체 무슨 일이냐?!

한결은 투자금 대비 최소 10% 수익을 장담했었는데, 예상 수익을 열 배나 넘는 기염을 토해 낸 것이었다.

"그래? 축하한다."

—밥이라도 한번 사고 싶은데, 우리 잠깐 만날까?

외거노비가 풍작이라고 납공이라도 받치려는 모양이다.

하지만 한결은 그걸 돈으로 받고 싶은 마음은 추호도 없었다.

"밥은 됐고, 일이나 하나 해 줘."

—일?! 그럼! 당연히 해 줘야지! 무슨 일인데?!

세상천지에 일을 시키는데 이렇게 좋아하는 사람도 드물 것이다.

"한국 원목수입업자들의 최근 현금흐름 좀 알아봐. 언제까지 가능하겠어?"

—한… 이틀?

"오케이, 내일. 알겠어. 기다리고 있을게."

—흐흐!

"아참, 깜빡하고 말 안 했는데, 이번에는 내 말 안 듣고 함부로 투자했다간 집안 말아먹는다? 그냥 시키는 일이나 잘해. 나중에 내가 따로 챙겨 줄게."

—…쩝! 뭐, 아쉽기는 하지만, 네 말을 들을게!

그는 완벽한 한결의 따까리가 되어 가고 있었다.

김유철은 이제 한결이 거꾸로 물구나무서서 밥을 먹으래
도 그대로 따를 정도가 되었다.

§　§　§

한결은 퇴근길에 MTS를 확인했다.

[에이스 정밀]
[현재 주가 3,506원(KR/W) − 12%▲]

[경민화학]
[현재 주가 4,916원(KR/W) − 14%▲]

드디어 본격적인 랠리가 시작되었다.

한결은 홍콩의 신문을 펼쳤다.

모든 것이 영어로 되어 있지만, 이제는 그것을 읽는 데
전혀 문제 될 것이 없었다.

[…일본 반도체업계, 관세인상으로 소재공급 차질]
[홍콩 정밀업계 소재 가격 인상으로 한국시장 겨냥…]
[고성능 에어컴프레셔 개발, 한국시장으로의 골드러시]

'…이 정도면 지붕을 뚫겠는데요?'

—내일 장중엔 지붕을 뚫고도 남겠지. 랠리? 이제 시작이야. 중간에 투기꾼도 끼겠지만, 그건 어쩔 수 없는 거고.

요 근래 일이 잘 풀리니 정말 살 것 같다.

모든 날이 좋을 수는 없겠으나 매일 요즘만 같다면 얼마나 좋을까 싶다.

—이제 이것을 자본으로 해서 옵션에 투자할 거야.

'아까 말한 옥수수 옵션이요?'

—그래, 물론 옵션을 가르친다고 해서 단순히 투기, 투자를 배운다는 생각은 하지 마. 이것은 어디까지나 적대세력을 먹어 치울 사냥법의 일부분일 뿐이니까.

'사냥법이요? 투자법이 아니라?'

—내가 주식을 가르칠 때 배웠던 게 뭔지 생각나냐?

'정보의 발굴, 개발 검증 그리고 활용이요.'

차상식은 정확하게 배운 것을 복기하는 한결을 보며 매우 만족스러운 표정을 지었다.

—맞아. 그게 지금까지 배운 것들이지. 한마디로 시장과 나, 그리고 증권사와 투자자 사이에서 수익을 벌어들이는 일종의 정석이라고 할 수 있어. 하지만 투자업계에 있다 보면 정말 별의별 일이 다 생겨. 심지어는 네가 운영하는 펀드를 먹어 치우려고 한다거나 주식시장의 한 종목을 믹서기에 넣고 갈아 버리려는 놈들까지 생기곤 하잖아?

'그러니까 옵션이라는 것은 말 그대로 나를 막아서는 것들을 갈아 버리기 위해서 사용한다는 거네요?'

—…역시 이해가 빠르군. 그러므로 결국엔 뭐다? 너도 옵션을 할 줄 알아야 한다는 거지.

'그러고 보니까 대학에서 배운 적은 있어도 한 번도 해본 적은 없네요.'

—보통은 그렇지. 학교에서 삼각함수를 배웠다고 해서 실생활에서 함수를 쓸 일은 없는 것처럼 말이야.

'흠!'

—다만, 여기서 우리가 맞춰야 할 초점은 무엇이냐? 남들은 보통 얼마의 사이즈로 포지션에 투자하고, 어느 타이밍에 손절을 하고 나가느냐, 하는 거지. 물론 앞으로 네가 상대할 놈들은 일반적인 타이밍과는 인연이 없을지도 몰라. 포지션이 청산될 때까지 이 악물고 버티는 미친놈들도 많을 테니까. 네가 공부해야 할 것은 그 청산을 어떻게 활용할 수 있는지, 승부에서 이기려면 옵션으로 어떻게 상대를 후려쳐야 하는지, 그것이 중요하겠지?

'뭔가 심화과정 같은 느낌이 드네요?'

—네가 배우는 건 보통의 투자가 아니니까.

'보통의 투자가 아니면 뭔데요?'

—한때 펀드의 제왕이라 불렸던 사람이 가르쳐 주는 비기 아니냐? 일반인은 배울 필요가 없는 거지.

한결은 인상을 와락 찌푸렸다.

뭔가 크게 한 방 먹은 것 같은 표정이었다.

'…엥? 투자를 가르쳐 준다고 했지, 일반인용이 아니라는 말은 안 했잖아요?'

–난 일반투자를 가르쳐 준다고 한 적도 없는 것 같은데?

'아니, 나 같은 일반인에게 이런 걸 가르쳐 줘서 뭐 하려고요?'

–큭큭! 재미있잖냐!

'황당한 아저씨네?'

–그리고 무엇보다 네 업무에 가장 필요한 것이기도 하고.

'…그렇다면 인정.'

차상식은 특유의 익살스러운 표정을 짓다가도 중요한 순간이 되면 다시 진지해진다.

–옥수수가 바이오디젤과 연관이 있다는 아이템을 얻었어. 만약 그렇다면 지금의 상황에서는 어디에 배팅을 해야 할까?

'풋옵션?'

–이유는?

'지금은 달러화 가격이 올라가는 시기이니 원유 가격은 떨어질 게 분명하잖아요? 그럼 당연히 바이오디젤의 비중도 내려가지 않을까요?'

한결의 대답에 차상식은 피식 웃음을 지었다.

–이유는 그거 하나?

'어… 그리고 또 하나는 원유 가격이 내려가니까 미국에서는 텍사스 중질유 가격을 높이기 위해서라도 원유 가격을 부양하려 하지 않을까요?'

-옥수수는 미국에서 제일 많이 나오는데?

'…아?!'

-자, 여기서 이제 보통의 투자자들과 너와의 차이가 드러나는 거야. 너는 평소에 어떻게 정보를 모으고 있지?

'발굴, 개발, 검증, 활용을 거쳐서요?'

-그래! 이제 그걸 옵션에 활용하는 거야. 외부요인들을 적절히 섞어서 나름대로 시뮬레이션을 돌려 보는 거지.

'…오?!'

순간 한결은 뇌리에 뭔가 반짝거리며 폭죽처럼 터지는 듯한 느낌을 받았다.

빠른 연산과 특유의 직감으로 적절하게 상승과 하락장을 구분하고 결론을 내렸다.

'옥수수의 가격이 올라가겠네요.'

-이유는?

'반도체 호황이 시작되면 영국이든 미국이든 서로 경쟁하듯이 시장에 참여하게 될 겁니다. 한쪽은 원천기술, 한쪽은 최대수출 국가니까요. 그런 상황을 마주하게 된다면 미국으로선 유가를 올려야 할 이유가 없어집니다. 오히려 제2 전략자원인 곡물을 무기로 내세우는 게 맞는다고 판단하

겠죠. 어쩌면 바이오디젤을 적극 장려할 수도 있겠고요.'

－…제법인데?

한결의 날카로움은 보통의 지식이라든지 통찰력으로는 대체하기 힘든 부분이 있다.

그 특유의 감은 일반인의 것과는 결이 많이 다르기 때문이다.

'그렇다면 펄프의 가격이 오르는 것도 이해가 되고, 치즈의 가격상승도 이해가 되네요.'

－자, 그럼 넌 어떻게 행동해야 할까?

'옥수수에 투자한 다음 선물옵션을 걸어야겠지요? 우리의 목적은 단순히 옵션으로 돈을 버는 게 아니라 어떤 사람이 어떤 방식으로 청산을 하는지 알아보는 것이니까.'

－참… 넌 똘똘해서 가르칠 맛이 나.

'어휴? 갑자기 무슨 칭찬을?'

－아무튼 간에 그 이후에는?

'회사에 보고서를 올려야겠죠. 우리가 보르네오섬과 인도에 투자해야 한다고.'

－인도와 인도네시아? 무슨 라임 맞추기냐?

'아니요, 그럴 만한 이유가 있으니까요.'

차상식은 떡밥 하나를 던져 주면 뭔가 새로운 것을 창초해 내는 한결을 보며 연신 미소를 지었다.

－…이게 또 이런 재미가 있네?

"뭔 재미요?"

─아니야, 아무것도.

"…또 혼잣말 시작이네."

§ § §

이틀 뒤.

투자본부 내부 투자회의가 열렸다.

한결은 임 상무에게 당당히 차기 프로젝트에 대해 설명했다.

"이번 프로젝트는 인도네시아 보르네오섬, 그리고 인도 북부 외곽에 대한 투자가 주요 테마입니다."

"인도와 인도네시아? 거기서 뭘 수입하겠다는 건가?"

"인도네시아에서 건축용 목재, 가구용 원목, 새시 및 몰딩용 원목을 수입하는 겁니다. 그리고 인도에서는 치즈 생산에 필요한 상품질의 원유를 수입하고요."

임 상무와 세 명의 부장들은 한결이 내놓은 기획에 대해 의문점이 많은 듯, 서로 대화를 주고받으면서 연신 고개를 갸웃거렸다.

"목재를 수입하는 건 좋은데, 왜 하필이면 인니인 거지? 원목의 최대 수입지는 남미일 텐데?" 자원개발부장 윤지명이 한결에게 물었다.

그러자 한결은 화이트보드에 '국내 원목수입업자 현금이

동량'이라는 제목과 함께 보고서의 내용을 차분히 써 내려가기 시작했다.

"이것은 은행에서 나온 자료를 바탕으로 추적조사를 해서 만들어 낸 보고서입니다. 은행의 공시지표와 우리 회사의 취급 자료를 합쳐 원목수입업자의 현금이동을 추적해 봤는데, 남미로 들어가는 현금의 흐름이 1년 전부터 절반 이하로 줄었습니다."

"…절반?"

"현재 남미의 최대 원목 수출 국가인 브라질에서 산림을 밀어 버리고 사탕수수 농장과 아보카도 농장 등 투자금 회수 사이클이 짧은 고수익 위주로 사업을 진행 중이기 때문이죠. 그래서 차선책으로 찾아낸 곳이 전통적인 원목업의 강자 보르네오인 겁니다."

한결의 역설에 임 상무와 나머지 두 명의 부장은 절로 고개를 끄덕였다.

지금으로선 현실적으로 인도네시아가 수입처로는 최고의 입지를 가지고 있기 때문이었다.

"다만, 현재로선 대외적인 이미지나 실제 수입량에서 브라질이 아직은 인도네시아를 앞서고 있습니다. 하지만 그 격차가 최소 3개월 이내에 좁혀질 수 있다는 것이 현실적인 분석입니다."

"나쁘지 않은데? 다들 어떻게 생각해?"

임 상무의 질문에 대체로 수긍하는 눈치다.

물론 윤 부장은 살짝 떨떠름해 보이는 것이 뭔가 못마땅한 것처럼 보였다.

하지만 임 상무는 그가 어떻게 생각하든지 간에 기획을 밀어붙였다.

"좋아, 그럼 신 과장이 이번 프로젝트 진행하고, 나머지 부서에서는 전폭적인 지원을 해 주라고. 알겠지?"

"네!"

"그럼 다음 안건으로 넘어가지. 원유 수입에 대해서 설명해 봐."

임 상무의 지시에 한결은 화이트보드에 적어 놓은 글자들을 모두 지운 뒤, 프랑스의 원유수급 불가능에 대한 자료들을 붙이기 시작했다.

[…미국산 옥수수. 사실상 프랑스 마지노선에서 빽도?]

[프 정부, 미 옥수수 수입 원하나 관세장벽에 부딪혀 고심…]

[명품 프랑스산 치즈, 이대로 무너지는가?]

[중, 프랑스산 불티나게 팔리는데 매물이 없어서 고민…]

"서서히 프랑스산 치즈의 품귀가 시작되고 있습니다. 이대로라면 사실상 3개월 안에 프랑스 내의 모든 치즈가 동날 것으로 보인다고 합니다."

"중국에서 프랑스 치즈를 그렇게까지 많이 먹어 치울 줄은 몰랐군."

"사실 중국에서 프랑스 치즈가 유행하기 시작한 것은 2010년대부터입니다만, 요즘 퓨전요리가 많이 도입되면서 치즈의 소비량이 극대화된 것으로 압니다."

"그게 우연찮게도 미국의 옥수수 흉작과 맞물려서 관세 상승으로 이어진 거고?"

"네, 그렇습니다!"

"…이 정도면 우리에게는 완전 나이스 타이밍 아닌가? 이참에 인도 쪽 실적도 좀 올려주고, HMN의 입도 닫을 수 있게 해 줄 수 있을 것 같은데?"

현재 IX인터의 가장 큰 압박은 실적이다. 아무리 투자에 성공한다고 하더라도 수출실적이 꽝이면 종합상사로서의 위신이 깎이게 된다.

어쩌면 이번 투자로 우유를 수출할 수 있게 된다면 IX인터의 수출길에 큰 도움이 될 수도 있다.

"가만, 그러고 보니 인도와 제일 소통이 잘되는 부서가 어디더라?"

"접니다! 부장님!"

손을 번쩍 든 사람은 투자영업총괄부의 안문일 부장이었다.

투자영업총괄부는 투자에 관한 실질적인 진행과 투자모

집 영업, 수출입 투자 진행 등 거의 모든 외무를 도맡아 하는 부서다.

사실 이 건수를 맡으면 헤드가 될 곳은 투자영업총괄본부가 유력했으나 세 개의 부서가 워낙 경쟁이 치열해서 먼저 손을 든 것이었다.

하지만 먼저 손을 든다고 해서 끝이 아니었다.

"본부장님, 자원개발은 저희가 끌어가는 게 맞지 않겠습니까?"

"무슨 소리! 아무래도 운용부에서 가지고 가는 게 맞지. 본부장님, 이 건수는 저희에게 주십시오!"

"흠."

임 상무는 세 사람을 번갈아 보았다.

그러자 그 뒤에 있는 수많은 부원들이 긴장하기 시작했다.

"이번 프로젝트는…….

꿀꺽!

"본부에서 직접 지휘한다."

"아!"

"신 과장."

"넵!"

"회의 끝나고 따라와."

"예, 알겠습니다!"

권력이 한결에게로 집중되기 시작했다.

제10장
까짓것, 한번 해보지, 뭐

본부장과의 술자리를 갖게 된 한결은 불판 앞에 앉아 삼
겹살을 구웠다.

　임 상무는 그런 한결의 잔을 채워 주며 물었다.

　"CPA를 보고 있다며?"

　"이제 1차 붙었습니다."

　"음, 그래? 그… 혹시라도 다른 부서로 옮길 생각이 있
는 건 아니지? 간다면 말리지는 않겠네만."

　CPA를 친다는 것은 이직이나 부서이동을 생각하게 만들
기에 충분한 행동이긴 했다.

　한결은 확실한 의사를 표명했다.

　"아니요! 부서이동이라든지 이직계획은 없습니다."

　"…그래?! 그럼 다행이고! 자자, 마셔!"

사람이 한번 배신을 당하고 나니 이렇게 달라지는 모양이다.

-배신이 졸라 씁쓸하긴 하지. 음, 그럼!

'아저씨도 배신을 당해 본 적이 있어요?'

-나는 뭐 사람 아니냐?

'의외인데?'

-의외라니, 내가 몇 번이고 말하잖냐.

'아! HMN!'

-내가 키운 회사에 배신당한 것만큼 허무한 게 또 있겠어?

그러고 보면 차상식보다 기구한 운명을 가진 사람도 별로 없을 것이다.

임 상무는 한결과 함께 잔을 비운 뒤, 연거푸 술을 따라 주었다.

쪼르르.

술잔이 거의 다 차 갈 때쯤 임상무는 의외의 얘기를 해 주었다.

"자네, 혹시 얘기 들었나? 이번에 우리 본부에서 물갈이가 있을 예정인데 말이지."

"물갈이요? 구조조정을 하겠다는 말씀이십니까?"

"현재 투자본부 내에 존재하는 세 개의 부서를 두 개로 통폐합시키는 구조조정에 대한 안건이 이사회를 통해 가결

되었거든. 사장님께서도 인가하신 내용이고. 이번 분기 실적 추이에 따라 어떤 부서를 없앨 것인지 결정해야 할 것 같아."

"아!"

아마 세 명의 부장에게는 그야말로 청천벽력 같은 일이 아닐 수 없을 것이었다.

한데 하필이면 그 프로젝트의 중심에 한결이 서게 된 것이다.

"자네가 사실상 프로젝트의 헤드인데 말이야. 주변에서 견제가 들어올까 그게 걱정이란 말이지. 그래서 말인데, 이참에 자네가 투자파트너 끼고 프로젝트를 진행하면 어떨까 싶어."

"투자파트너라면 LP를 모집하란 말씀이십니까?"

"아무리 주변에서 자네를 강하게 푸시하려고 해도, 일단 GP의 중심인물이니 별수 없어지겠지."

"으음."

"제니스 캐피털과 손잡고 일을 진행하는 건 어떻게 생각하나? 어차피 조만간 접선하기로 했고 말이지."

나쁘지 않은 생각으로 들렸다. LP를 잘 모집해서 자원개발에 성공한다면, 분명 정부에서도 관심을 갖고 지원해 줄 것이 분명할 것이다.

"알겠습니다! 제니스 캐피털과 접선해 보겠습니다!"

§ § §

이틀 뒤 저녁.

한결은 제니스 캐피털의 비서실장 로버트 박과의 약속에 나섰다.

저녁을 먹으면서 진득하게 얘기를 나눠 보고 싶다는 취지였다.

약속장소는 한강 둔치에 위치한 선착장이었다.

"아니, 무슨 약속을 선착장에서 잡는 거지? 서로 정답게 한강 변에서 도시락이라도 까자는 건가?"

-음… 운치를 좋아하는 것이 딱 그 취향이긴 하네.

"그 취향? 무슨 특이 취향을 말하는 거예요?"

-아니, 뭐, 특이 취향까진 아니고. 아! 저기 온다!

로버트 박은 약속시간 정각에 딱 맞춰 나타났다.

그는 한결에게 90도로 인사를 했다.

"안녕하십니까? 제니스 캐피털의 로버트 박입니다."

"네, 신한결입니다!"

"오늘 저녁은 스테이크로 준비했는데, 괜찮으십니까?"

"저야 아무거나 잘 먹어서, 뭐든 좋습니다! 그런데 도대체 어디서……."

"저기 오네요."

로버트 박이 가리킨 손가락을 따라 눈을 돌려 보니 호화

스러운 소형 크루즈가 한강을 통해 들어오고 있었다.

한결은 한국에도 저런 호화 크루즈가 다니는 줄은 미처 몰랐다.

'아니, 그보다 애초에 한강에 저런 게 들어올 수 있는 건 가요?'

─당연하지, 미리 신고만 하면.

'글쿠나. 그나저나 아저씨가 그걸 어떻게 알아요?'

─잘 알지, 저 배를 내가 사 준 건데.

'어?'

크루즈는 한결의 앞에 멈춰 서더니 승선용 계단이 내려졌다.

로버트 박은 한결에게 먼저 타라는 손짓을 했다.

"오르시죠."

"아… 네, 감사합니다."

기분이 참 묘해지는 순간이다. 늘 보기만 했던 크루즈를 타다니 말이다.

갑판 위로 올라가자 정갈하게 차려진 양식 테이블이 놓여 있고 그 앞에는 붉은색 드레스를 입은 중년 여성이 서 있었다.

─…여전히 아름답네.

'어, 설마?'

─내 전처.

'아! 로한나 쿠스버트!'

－이렇게 보니 또 감회가 새롭네.

확실히 사진에서 본 기억이 났다.

한결은 이 모든 것이 우연이라곤 생각하지 않았다.

'저번에 꽃을 보낸 건 이런 만남을 유도하기 위한 계략이었어요?'

－계략까진 아니고.

'허참! 그럴 거면 진즉 얘기나 좀 해 주지.'

로한나 쿠스버트는 파란색 눈동자와 갈색 머리가 잘 어울리는 전형적인 서구형 미인이었다. 그녀는 한결에게 악수를 건넸다.

"반가워요, 로한나 쿠스버트라고 해요."

"신한결입니다! 사모… 아니, 사장님을 여기서 뵈니 약간 당황스럽기도 하네요."

"그래요. 일단 좀 앉을까요? 여기, 와인 준비해 줘요."

배 안에는 오로지 그녀만을 위한 스태프가 무려 20명이나 상주해 있었다.

어지간한 레스토랑 하나를 통째로 빌린 듯한 느낌이다.

'이야… 확실히 럭셔리하기 하네요.'

－어려서부터 부유하게 자라서 그래. 다만, 공주님이 아니라 여왕님이라는 수식어가 어울리는 사람이지.

로한나와 한결의 잔이 채워지자 하나둘 음식을 내오기

시작했다.

그녀는 잔을 빙글빙글 돌리며 말했다.

"이 와인, 그이가 좋아했던 건데."

―…샤토 라피트 로칠드.

"샤토 라필드 로칠드요?"

로한나는 뭔가 미묘한 웃음을 지었다.

"와인에 대해서 잘 알아요?"

"아니요, 그건 아니고요."

"일단 좀 먹을까요? 우리 주방장의 솜씨가 대단해요. 맛
보면 실망하지 않을 거예요."

"아, 넵!"

로한나는 나이에 맞는 중년의 성숙미를 마음껏 뽐내는
미인이었다. 과연 그 성숙미에 걸맞은 품위가 느껴지는 사
람이다.

―뭐랄까, 완성된 여성의 느낌이랄까…. 아름답지 않냐?

'…저한테는 엄마뻘인데요.'

―인마! 여자를 나이로 규정하는 건 실례야!

'아니, 이렇게 좋아하시는데, 왜 헤어졌대?'

―어른들에게는 어른들의 사정이 있는 법이다.

'으, 꼰대 냄새!'

로한나는 가만히 한결을 바라보았다.

그 눈빛이 어찌나 강렬한지, 한결은 얼굴이 다 뚫어질 지

경이었다.

"어… 왜 그러시는지……."

"성이 신 씨라고 했죠?"

"네, 그렇습니다만."

"혹시 아버님이 어떤 직업군에 계신가요?"

"30년 동안 군에 계셨다가 얼마 전에 퇴역하시고 보안업체에 계십니다."

"…그래요? 아버님 형제는?"

"없으십니다."

"음……."

비즈니스 관계로 만난 줄 알았더니 자꾸 엉뚱한 것을 물으니 한결은 의아할 수밖에는 없었다.

하지만 그런 질문도 오래가지는 않았다.

"좋아요, 그럼 일 얘기부터 좀 할까요? LP를 모집하고 계시다고요?"

"네, 그렇습니다!"

"정확히 어떤 사업에 얼마를 투자하길 원하는 건데요?"

한결은 로한나에게 인도의 원유사업과 보르네오의 원목사업에 대한 보고서를 건네주었다.

날카로운 통찰력과 팩트에 근거한 보고서는 충분히 인상적이었다.

"보시는 바와 같이 원유와 원목사업에 투자할 예정입니

다. 직접 원목과 원유의 품질을 테스트해 보았고, 국제시장에서나 한국에서도 충분히 통할 것이라고 확신합니다!"

"…그래요?"

보고서를 읽는 로한나의 표정이 어쩐지 약간 복잡해 보인다.

하지만 이내 다시 원래의 품위 넘치는 표정으로 돌아왔다.

"신한결 씨는 최종학력이 어떻게 되시나요?"

"대졸입니다."

"취득한 자격은?"

"지금 취득 중입니다만, 아직은 딱히 없습니다."

"한마디로 스펙이 전무하다?"

"네, 뭐……."

로한나는 보고서를 한결에게로 돌려주었다.

"안 될 것 같은데요? 무스펙의 GP에게 돈을 맡길 사람은 없죠. 지난번에는 우리 실장이 약간 실수를 한 것 같은데, 아무리 실력이 좋아도 공신력 없는 사람에게 우리 회사의 자산을 맡길 수는 없어요."

"아!"

"비즈니스는 없었던 일로 생각하세요. 꽃 보내는 센스는 좋았는데 스펙이 영 아니네."

냉정하게 들릴지는 모르겠지만 그녀의 말은 틀린 구석이

하나도 없었다.

경력도 없는 무스펙의 기획자가 어떻게 LP를 모집해서 펀딩을 하고 자산을 운용한단 말인가?

'맞네. 저 말이 맞아요. 사람의 스펙이나 학력이 전부는 아니지만, 그렇다고 해서 무스펙인 사람을 아무렇지 않게 믿고 써 줄 LP는 없겠죠.'

―뼈아픈 얘기이지만 새겨들어.

'…아니, 잠깐만. 그나저나 로한나 쿠스버트는 내가 꽃을 보냈다는 걸 알고 있는 것 같은데요?'

―알겠지. 저 정도 위치에 있는데 설마하니 그거 하나 못 알아낼까 봐?

한결은 자기도 모르는 사이에 벼랑 끝에 몰려 버렸다는 사실을 깨닫게 되었다.

'아! 그럼 이거… 일이 완전 꼬여 버린 거 아닌가요? 저쪽에서는 내가 자기 취향이나 조사해서 프로젝트를 공으로 먹으려는 파렴치한이라고 생각할 거잖아요!'

―그건 네가 이제부터 어떻게 행동하느냐에 따라서 달라지겠지?

'이야… 이 아저씨, 이거! 완전히 노렸네, 노렸어!'

―아무튼, 그래서 뭘 어떻게 하려고? 제니스 캐피털이랑 연을 끊게?

한결은 고개를 가로저었다.

'그럴 리가 있어요?'

그는 자리를 박차고 일어났다.

"대표님! 저를 한 번만 믿어 주십시오!"

"…경박스럽네요?"

"외람된 말씀입니다만, 저를 증명할 수 있는 기회를 주십시오."

"증명이라……. 자본이 투자되기 전에 말인가요?"

"그렇습니다!"

로한나 쿠스버트는 한결에게 피식 웃으며 답했다.

"최종 자본투자 시점은 언제가 될 것 같아요?"

"앞으로 4개월 후입니다!"

"좋아요, 그 안에 증명해 봐요. 그동안은 잠정적인 파트너로서 있어 줄 테니까."

"감사합니다!"

§ § §

한결이 떠나간 뒤.

홀로 갑판 위에 남은 로한나에게 비서실장 로버트 박이 다가왔다.

"어떠셨습니까?"

"…이상해. 사람 자체는 성향이 너무 다른데, 보고서를 보면 비슷해 보여."

로한나는 얼마 전부터 죽은 전남편의 환영을 보는 듯한 착각에 사로잡혀 있었다.

꽃다발과 머리핀, 그것은 누구도 알 수 없는 둘만의 비밀이었으니까.

"차 회장님께서 혹시 제자를 양성하고 계셨지는 않았을까요?"

"제자?"

"은퇴 후에는 후학을 양성하는 것이 꿈이라고 하지 않으셨습니까."

로한나는 전남편의 얼굴을 떠올리며 그가 후학을 양성하는 그림을 그려 보았다.

하지만 웃음밖에 안 나왔다.

"그 성격에? 말도 안 되지."

"제가 조사를 좀 해 봤는데 말입니다. 이 사람이 일하는 행동패턴이 차 회장님과 비슷한 구석이 많습니다. 업무를 처리한다거나 투자를 영위할 때에 주변의 인물들을 마치 장기 말처럼 굴려서 프로젝트를 성공시키는 면이라든지, 자신의 손에 쥔 정보를 몇 번이고 검증하고 확인하려는 면이라든지. 그런 모습들이 자주 보이는 것 같았습니다."

"확실히 그건 그이의 특성이긴 한데……."

"감히 말씀드리자면, 그 두 사람 사이에는 뭔가 접점이 있습니다. 그렇지 않고선 꽃다발을 보냈을 리도 없고요."

"…내게 꽃을 보낸 건 스승에 대한 보은이다?"

"그렇지 않을까 싶습니다."

아무리 취향을 빠삭하게 조사해도 도저히 알 수 없는 부분이 있다.

꽃다발과 거기에 담은 메시지가 바로 그것이었다.

로한나는 로버트 박의 말에 동의할 수밖에는 없었다.

만약 남편이 생전에 제자를 거두었다면, 제자를 맡길 가장 믿음직한 사람으로 자신을 지목했을 것이다.

"조금 더… 지켜보자고."

§ § §

한결은 아침부터 바쁘게 움직였다.

새로운 프로젝트인 '원목 수입'을 진행하기 위해서였다.

한데 전화기를 붙잡고 있는 한결의 표정은 그야말로 폭발 직전이었다.

"…보고서가 왜 이렇게 늦게 올라오는 건데요?"

—거참, 우리도 최선을 다하고 있다니까? 조금만 기다려봐.

기획에 쓸 자료를 엮어서 보고서를 요청한 지가 언제인데, 타 부서에서는 그야말로 감감무소식이었다. 그래서 전화를 했더니 한껏 거드름을 피운다.

'아… 씨X, 선배고 뭐고 그냥 들이받을까?'

―확실히 싸가지가 없기는 하네. 쟤 너보다 직급도 낮잖아?

'대리죠. 젠장!'

아무리 입사 선배라곤 해도 업무태도가 영 꽝이라 짜증이 머리 위로 확 솟구쳐 올랐다.

당장 내려가서 따귀라도 한 대 올려붙일까 싶다가도 한결은 화를 금세 억눌렀다.

"김 대리, 우리 그럼 이렇게 합시다."

―…김 대리?

"어쨌든 간에 김 대리가 나한테 보고서를 안 보내 주면 직무유기가 되는 거잖아요? 내가 이번 한 번은 눈 감아 줄 테니까 오늘까지 보고서 써서 제출해요. 알겠죠?"

―참나, 지잡 출신에 과장 달았다고 뵈는 게 없나? 이봐, 신 과장! 아무리 그래도 이건 좀 아니지! 내가 너보다 입사 3년 선배인데!

"좋아요. 그럼 이번 프로젝트에서 당신 이름 빼죠. 이만 끊을게요."

―어?! 자, 잠……!

뚝!

일언지하에 전화를 끊어 버렸다.

굳이 화낼 필요도 그럴 이유도 없었다.

한결은 전화를 끊은 다음, 내선전화의 코드를 뽑아 버렸다.

－아따, 그놈 성깔 있네?

"언제까지 참고 있을 수만은 없죠. 그럴 바엔 나 혼자서 하고 말지."

－그나저나 계속 이런 식이면 기획이고 뭐고 제대로 진행할 수나 있겠어?

"…그러게요. 벼락출세라고 다들 무시가 장난 아니네요."

한결을 시기하는 사람들은 그가 무슨 말만 하면 심드렁하게 반응하거나 아예 귀를 닫고 무시하기 일쑤였다.

예상은 했지만, 벼락출세의 무게가 묵직하긴 하다.

－뭐, 결국엔 네 스펙이 자기들보다 못하다는 거 아니야? 그치?

"그렇… 겠죠. 다들 SKY에 유학파에 심지어는 석사학위 가진 사람들도 천지인데. 젠장, 그놈의 학위가 뭐라고!"

－여러모로 난항이다. 그치?

"그래도 뭐, CPA 2차 붙으면 좀 낫지 않을까요?"

－그래도 문제는 있어. 경력이 없잖냐?

"아! 그럼 제니스 캐피털과의 얘기도 없었던 일이 되는 건가요?"

차상식은 씩 웃으며 답했다.

―10대 국제금융자격 정도 있으면 뭐, 다들 아득하게 만들 수 있지 않겠어?

"…그걸 내가 지금 어떻게 따요?"

―왜 못 따? 내가 장담하는데 3개월에 하나씩 자격증이 나올 거다. 으흐흐! 아마 다들 기절초풍할걸?

국제 10대 금융자격증은 극한의 난이도를 자랑한다. 없어도 살아가는 데 전혀 지장은 없다고는 하나, 있는 것과 없는 것에는 분명 차이가 난다.

심지어 이 자격이 있다고 명함에 박아서 다니면 동종업계에서는 대우부터가 달라지곤 하니, 얼마나 귀중한 스펙인지 알 수 있다.

―FRM만 따 봐라. 그 쉬운 거 하나 따도 다들 너를 우러러보기 시작할 거다!

"……재무위험관리사가 쉬워요? 그거 하나만 가지고 있어도 석사랑 동급으로 쳐 주는데?"

―후후! 쉽냐고? 너 나랑 내기할래?

§ § §

그날 저녁.

한결은 FRM 기출문제를 진득하니 풀어 보았다.

FRM이 워낙 유명한 시험인지라 국제적으로 응시자가

많은데, 그래서 그런지 시험지도 꽤나 자세히 안내되어 있었다.

[…Which of the following statements regarding a corporate trustee named in a corporate bond indenture is correct?]

"회사채 계약에 명시된 법인 수탁자에 관한 내용… 답은 C네."
−정답이네?
"…에이, 그래 봤자 한 문제인데요."
한결은 곧바로 다음 문제로 넘어갔다.

[A data analyst at a large bank is evaluating the valuation of a unique stock option with few known properties…]

"주식옵션에 대한 잠재적 가치를 평가하는 데… 답은 A 네?"
−정답!
"…이게 맞는다고요?"
−정 그러면 답안지를 한번 보든가.

기출문제였기에 이를 풀이한 답안지도 당연히 있었다.

한결은 정답을 확인하곤 입이 쩍 벌어질 수밖에는 없었다.

"진짜네?"

ㅡ지금까지 푼 문제의 점수는……. 오우, 만점이네? 축하해! 국제 재무위험관리사에 합격하셨네요!

"말도 안 돼!"

ㅡ큭큭! 말이 안 되긴 뭐가 안 돼? 생각해 봐. 지금까지 네가 나한테 배운 것, 아침마다 분석했던 자료들, 현장에서 써먹은 것, 보고서로 엮은 것… 기타 등등.

"…아!"

ㅡ알겠냐? 이제 너는 그런 사람인 거야. 바로 이 위대한 투자전문가 차상식의 후예 말이다!

한결은 너무 익숙해서 잠시 잊고 있었다.

자신이 어떤 사람(?)과 함께 지내고 있었는지 말이다.

"이 정도면……."

ㅡ어때, 될 것 같지?

"1차랑 2차 동시에 봐도?"

ㅡ충분하겠지? 그치?!

"어라? 그런데 이상하게 왜 아저씨가 흥분을 하고 그래요? 이것도 무슨 꿍꿍이 있는 거죠?!"

ㅡ아니야! 그냥 재미로 하는 거야, 재미로!

"으음……."

─아무튼, 콜? 시험은 내가 책임지고 도와준다!

잠시 고민했지만 오래 걸리진 않았다.

아니, 고민이고 자시고 할 필요가 있나?

"…해봅시다. 콜!"

§ § §

프로젝트발 보름째가 되는 날이다.

한결은 여느 때와 다름없이 보고서를 들고 임 상무의 집무실로 향했다.

엘리베이터를 타려고 기다리고 있는데 비상계단에서 사람이 불쑥 튀어나왔다.

"한결 씨!"

"…헉! 강 차장님!"

"요즘 왜 이렇게 바빠? 조만간 술 한잔하자더니 언제까지 이렇게 피해 다니기만 할 거야? 응?!"

강윤석은 여전히 한결에게 숟가락 하나 얹어 보겠다고 거의 스토킹을 하듯 따라다니고 있었다.

오늘도 한결은 위기에서 벗어나려 기지를 발휘했다.

"상무님께서 호출하셨는데, 지금 당장 가 봐야 합니다! 다음에 제가 연락드리겠습니다!"

"…아니, 한결 씨! 그래도 그렇지 어떻게 매번 사람을 이렇게 물 먹일 수가 있어? 우리가 함께한 세월이 있는데 말이야."

하지만 강윤석은 거머리처럼 달라붙으려 했다. 아마 밟아 떨어트려도 다시 찰싹 붙으며 귀찮게 할 것이다.

─이참에 정리해 버려. 어차피 구조조정도 한다며.

'퇴사를 시키라고요?'

─시키되 네 손을 쓰지 말고 저놈이 헛발질하다가 알아서 나가떨어지도록 판을 깔면 되지.

'흠!'

─내가 항상 얘기했지? 성공보다 중요한 건 그 자리를 지키는 거라고. 명심해라. 저놈이 언제 네 자리를 꿰차려고 달려들지 몰라.

장난 섞인 헛소리를 하거나 아재 개그를 할 때 말고는 차상식의 말은 지금까진 맞았다.

한결은 웃으며 강윤석에게 떡밥을 던졌다.

"그럼 이따가 사무실에서 만나시죠! 어차피 부서에는 저 혼자뿐인데."

"그, 그럴까?!"

"금방 올라갔다 오겠습니다!"

이윽고 엘리베이터 안으로 훌쩍 들어가 버린 한결은 곧장 본부장실로 직행했다.

–그나저나 저놈은 어떻게, 담가 버리려고?

'목숨을 걸어도 절대 못 하는 임무를 맡기면 되지 않을까요?'

–그런 게 있었나?

'강윤석 차장이 다 좋은데 한 가지 맹점이 있잖아요.'

–뭐? 분석능력?

'네! 보고서를 정말 우라지게 못 쓰는 이유도 바로 그거고요.'

–하지만 그러다가 임무를 완수하면 어쩌려고?

'그럼 굳이 버릴 필요 있나요? 그냥 계속 데리고 있으면서 쓰는 거지. 아저씨가 그랬잖아요? 적은 가까이에 두고 지켜보는 게 제일 좋다고. 노비로 점찍었으니까 그냥 노비로 쓰면 되죠. 임무를 완수하기만 한다면야.'

차상식은 씩 미소를 지었다.

–좋아, 제법 팝콘 각을 만드시는데?!

§ § §

투자기획서 최종 시안의 결재를 받으면서 한결은 임 상무에게 한 가지 제안을 추가했다.

"보르네오로 자원개발부의 인력을 집중적으로 배치한다?"

"자기 전공 분야에 투입해서 최대한의 효율을 뽑아낼 수 있도록 한다면 업무수행능력을 평가할 수 있지 않을까 싶습니다."

"그렇게 되면 능력 없는 놈들이야 떨어져 나가도, 살아남은 놈들은 악착같이 붙어 있을 텐데?"

"악착같이 살아남은 사람들은 굳이 쳐낼 필요가 없지 않겠습니까?"

"어?"

임 상무는 한결의 한 마디에 뭔가 큰 깨달음을 얻은 듯 약간 멍해지고 말았다.

구조조정과 통폐합이라는 것에만 사로잡혀 인재를 솎아낼 생각은 미처 하지 못하고 있었다.

"너무나도 당연한 걸 빼먹을 뻔했군. 이야, 자넨 인사 쪽에 있었어도 일을 잘했겠어."

"과찬이십니다."

"나쁘지 않은 의견인데? 좋아, 그럼 지금 당장 인사부에 연락해서 근태평가지 받아서 가져와. 그리고 자네가 근태평가가 높은 순으로 정리하고 임무에 최적화되도록 가배치를 해서 보고서를 작성하도록 해."

"네, 알겠습니다!"

한결은 그 길로 인사부로 내려갔다.

임 상무의 지시를 전달하고 인사부에서 협조를 받아 근

태평가지를 손에 넣은 한결은 곧장 사무실로 내려왔다.

"어, 한결 씨!"

"죄송합니다. 오래 기다리셨죠? 추가 지시사항이 있어서 말입니다."

"에이! 그게 다 자기가 잘나가서 그런 건데, 뭐! 난 괜찮아."

확실히 태도가 많이 바뀌어 있었다.

만약 노비로 쓴다면 기본자질로는 모자람이 없다고 할 수 있을 것이었다.

한결은 오늘 임 상무의 지시사항에 대해 말해 주었다.

"자원부에서 적어도 열 명 이상은 보르네오로 갈 겁니다."

"…설마하니 그 자리에 나를 넣어 주겠다고?"

"차장님께서는 투자분석을 맡고 계시니 시장조사를 해야 한다는 부담이 추가될 겁니다. 괜찮으시겠습니까?"

강윤석이 투자분석 3팀장으로 발령받고 2년 동안 내리 죽을 쑤었던 이유는 그가 분석에는 지독하게도 소질이 없었기 때문 아니었던가.

그런 그에게 보르네오로 가라는 것은 그야말로 곤욕 그 자체였다.

"어… 으음… 다른 자리는 없어?"

"인원까지는 제가 어떻게 해보겠는데, 자리는 어렵습니

다. 그렇게 하려면 인사이동이 필요한데, 그럼 결국에는 일선에서 밀려나게 되는 거거든요."

한결의 설득 아닌 설득에 강윤석은 심기일전했다.

"…오케이! 자기가 나를 이렇게까지 밀어주는데 당연히 노력해 봐야지! 갈게!"

"그럼 명단에 차장님 이름을 올리겠습니다."

강윤석은 한결의 두 손을 꼭 잡았다.

"고마워, 진짜로! 정말 고마워!"

"별말씀을요."

"이 은혜는 절대 잊지 않을게. 나중에 술 살 테니까 다녀와서 보자고!"

이것이 감사할 일이 될지 어떨지는 한 달이 지나 봐야 할수 있겠지만, 지금 강윤석에게는 그런 생각 따위는 필요 없었다.

살아남아야 한다는 것, 그것만이 중요했으니까.

-이야, 이건 뭐, 어지간한 스포츠경기보다 재미있겠는데?!

'자, 그럼 이제 공부나 좀 하러 가 볼까요?'

강윤석이 죽어라, 고생하는 동안 한결은 FRM이나 차근 차근 준비할 생각이다.

제11장
물갈이

인도네시아의 수도 자카르타.

강윤석은 이곳에서 처음부터 새롭게 다시 시작해 볼 생각이다.

"인수대상 회사 자료는 준비됐나?"

"수집은 하고 있습니다만, 상대방에서 재무제표를 잘 안 내주려고 합니다."

"공시된 재무제표가 있을 거 아니야."

"대부분 사모펀드에서 만들었다가 매각한 회사라서 기업 공개가 안 되어 있다고 하네요."

"기업공개가 안 된 회사를 인수하는 건… 위험부담이 너무 크지 않나?"

"하지만 가격대비 인수효과가 상당히 좋을 것으로 예

상됩니다. 사실 우리로선 그냥 넘어가기 어려울 정도입니다."

M&A 이후에 중요한 것은 경영의 정상화, 합병회사와의 시너지, 그리고 수익창출이다.

과연 얼마나 투자 대비 수익을 올릴 수 있으며 모회사에 도움이 될지, 그것을 생각하지 않을 수 없다는 뜻이다.

한데 기업공개가 되지 않은 회사를 도대체 뭘 믿고 투자금을 준단 말인가?

"…쉽지 않네. 혹시 다른 채널은 없어?"

"다방면으로 찾아보고는 있습니다만, 딱히 떨어지는 것이 별로 없습니다."

"정보수집 단계에서 이따위면 말짱 꽝인데……."

"다른 기업을 알아볼까요?"

"만약 우리가 지금 물망에 오른 회사들을 인수해서 PMI에 들어가면 과연 수익이 얼마나 나올 것 같아? 이론적으로 말이야."

인수 후 통합관리는 합병을 하는 데 가장 중요한 부분이며, 여기서 대부분 성공과 실패가 갈리게 된다.

한데 이것조차 아직 오리무중이었다.

"그게……."

"장난해? 지금 그것조차 어렵다는 거야? 자네들은 그럼 대체 하는 일이 뭐야?!"

"죄송합니다! 지금 자료수집만으로도 너무 시간이 모자
란 나머지……."

"핑계를 댈 거면 좀 그럴싸하게 대던지. 젠장! 이래서 무
슨 실적을 올리겠다는 건지!"

IX인터의 경우, 해외에서의 실적이 국내에서의 실적보다
인사고과에서 더 좋은 반응을 얻는다.

다만, 문제가 있다면 지금의 경우처럼 현지 이해도 부족
으로 실적 자체를 올리기 힘든 경우가 발생한다는 점이었
다.

앞뒤가 꽉 막혔지만, 그래도 강윤석은 포기하지 않았다.

"아! 그래, 프랑스 금융 쪽으로 줄을 대 보자!"

"프랑스요?"

"최근 20년 사이에 프랑스에서 인도네시아에 차관을 많
이 내줬거든. 자네들도 잘 알잖아?"

"맞습니다! 그래, 그런 방법이 있었네요! 해외를 이용해
서 알아보면 조금 더 빠를 수도 있겠습니다!"

"금융권에 인맥 있는 사람?"

"어……."

"…젠장, 없겠군. 그럼 내가 펀드 쪽으로 알아볼 테니까
다들 다방면으로 접촉방법을 알아보고 있어."

"네!"

§ § §

강윤석이 자카르타로 날아간 지 벌써 보름이 지났다.

인도 낙농업 투자에 대한 보고서를 올리려 본부장 집무실을 찾았다가 한결은 뜻밖의 얘기를 듣게 되었다.

"…경찰서라니요?"

"강 차장이 거래하던 펀드가 있는데, 거길 통해서 현지의 인수대상들 정보를 캐내려고 했던 모양이야. 그런데 하필이면 펀드매니저가 인터폴 적색수배가 내려진 대상이었다는 거지."

"어어… 혹시 그 펀드운용사 이름이……."

"로웰 투자신탁이라고, 지금 그쪽 대표이사가 한국 검찰청으로 출두해서 조사를 받고 있다고 하더군."

강윤석이 호의를 보이며 소개해 주겠다고 했던 로웰 투자신탁이 사실은 국제범죄조직이었다는 말에 한결은 크게 놀랐다.

—어째 촉이 좀 왔긴 했지. 그때 발을 뺀 건 정말 잘한 일이었네.

'저야 뭐… 투자수업을 받고 있는데 뭐 하러 그런 사이비 투자기업에 돈을 넣겠어요?'

—이거 어째 큰 소용돌이가 몰아칠 것 같은 느낌이 들지 않냐? 다른 것도 아니고 인터폴 적색수배라니, 무슨 살인

청부업자도 아니고 말이야.

'흐음……'

─그나저나 일이 이렇게 되면 강윤석은 그냥 알아서 갈려 나가게 되겠네?

'아무래도 그렇겠죠? 범죄자랑 연루된 사람을 쓰기엔 좀 그러니까.'

한결이 올린 보고서에 서명을 넣은 임 상무는 한결에게 현재 각 부서의 실적에 대해 물었다.

"그나저나 인도네시아로 보낸 친구들은 좀 어때? 업무에 잘 적응하고 있는 것 같아?"

"아직 실적이랄 것이 없습니다. 투자분석을 맡겨 놨는데 현지에서 정보를 얻지 못하고 프랑스로 줄을 대고 있다고 합니다."

"한데 아직도 감감무소식이다?"

"아무래도 인원을 교체해야 할 것 같습니다."

"으음… 역시 자네의 방법이 옳았군."

물갈이를 생각하고 있다면 능력이 없는 인원들은 쳐내야 함이 옳다.

투자분석 3팀은 능력이 없는 불필요한 인원이었음을 스스로가 드러냈다.

"그럼 인원들을 다시 불러들일까요?"

"아니야, 내버려둬. 그냥 두고 자네가 가서 투자정보 좀 얻어 와. 할 수 있겠어?"

"한번 해보겠습니다!"

"그래, 그럼 자네만 믿겠네."

한결은 본부장 집무실을 나오자마자 노비 1호에게 전화를 걸었다.

김유철은 한결이 전화를 하자마자 단 1초 만에 받았다.

–이열! 친구야! 안 그래도 전화 기다렸어! 요즘 왜 이렇게 연락이 뜸했어? 기다렸잖아!

"…여전히 텐션이 높구나."

–그나저나 어쩐 일이야? 잠깐 만날까?!

"너, 저번에 일해 준 거 기억나?"

–원목업자 현금 동향? 물론이지!

"혹시 자카르타 쪽도 알아봐 줄 수 있어? 기업공개가 안 된 회사인데."

–으음… 이름이 뭔데?

한결은 인수 리스트에 있는 이름을 읊어 주었다.

그러자 김유철은 순식간에 재무제표를 뽑아냈다.

–재무제표 보냈어. 모회사가 우리에게 신세를 지고 있었네?

"좋은데?"

–흐흐흐. 그나저나 뭐 좋은 정보 없어?

한결은 순간 생각해 보았다.

떡밥으로는 무엇이 좋은가? 앞으로 지속적으로 부려먹으려면 뭐가 필요한가, 그런 생각으로 머릿속이 꽉 채워졌다.

그때, 차상식이 힌트를 주었다.

-떡밥 많잖냐, 옥수수!

'아참, 그랬지?'

노비에게 쇠경을 줘도 제대로 줘야 다음에 또 부려먹을 수 있는 법이다.

한결은 김유철에게 확실한 호재에 대해 일러 주었다.

"옥수수에 투자해 봐."

-옥수수? 갑자기 무슨 옥수수?

"조만간 옥수수 가격이 크게 뛸 거야. 딱 1개월만 묵혀 뒀다가 팔아."

-옥수수는 선물거래를 해야 하지 않나?

"꼭 옥수수만 거래할 이유가 있어? 관련 산업 많잖아?"

-아!

"굳이 선물을 건드려야겠다면 시카고 시장에 적당한 카운터 파티 하나 잡아서 한 달짜리 계약하든지, 매수 쪽으로."

-고마워, 한결아! 이 은혜는 절대 잊지 않을게! 정말이야!

"조심해서 투자해. 절대 무리하지 말고. 무리했다가 돈 날리면 곧바로 너랑은 손절이야."

-물론이지! 헤헤, 고마워!

역시 노비는 길들이는 맛이 있어야 하는 모양이다.

§　§　§

한결이 조사한 결과, 보르네오의 벌목회사들의 신용도는 상당히 괜찮은 것으로 나타났다.

프로젝트는 순항했다.

FRM 시험이 2개월 앞으로 다가왔지만 한결은 여전히 프로젝트에 힘을 쏟고 있었다.

회사생활을 하면서 차상식의 집중과외를 받았고, 투자에도 열정을 기울이고 있었다.

출근길에 한결은 지하철에서 MTS를 살폈다.

[보유주식]
[에이스 정밀]
[현재 주가 : 11,981원(KR/W)]
[경민화학 : 13,213원(KR/W)]
[현재 총자산 평가금액 : 574,000,000원(KR/W)]

투자의 결과는 그야말로 엄청났다.

세 배 가까운 수익을 낸 것이었다.

'와! 이게… 다 얼마야?'

－이게 끝이 아니지, 인마!

이제 곧 경민화학의 주주배당이 시작될 것인데, 역대 최고의 실적을 올린 그들은 배당비율을 20%로 잡았다.

에이스 정밀 역시 배당수익 18.9%의 주주배당을 확정 지었다.

유보금을 몰아넣는 대신에 회사의 수익금을 주주에게 배당해서 해외투자자들의 유입을 늘리겠다는 것이 두 회사의 목표였다.

주가상승으로 끝이 아니라는 소리였다.

-배당 성향이 좋네! 너 감이 좋다 못해 아예 트여 버렸나 보다?

"…투자라는 게 진짜 재미있기는 하네요."

-거봐, 인마! 재미있을 거라고 내가 그랬잖냐.

하지만 한결은 동시에 투자의 무거움을 느꼈다.

"예전에 그러셨죠? 따는 사람이 있으면 잃는 사람도 있다고."

-그랬지.

"솔직히 저는 재미있는 투자보다는 올바른 투자를 하고 싶어요. 그게 가능할까요?"

-올바른 투자라…. 네가 생각하는 올바른 투자라는 게 뭔데?

"최소한 개미 뒤통수는 날리는 일은 하지 않는 투자죠."

차상식은 피식 웃음을 지었다.

-넌 뭐, 유토피아에서 살다 왔냐? 그런 투자가 세상에

어디 있어?

"…없어요?"

—명심해. 투자자란, 결론적으로 본다면 수익을 좇아야 하는 거야. 다만, 그게 더 많은 개미를 살리는 길이기도 해.

"으음……."

—그럼에도 불구하고 네 신념을 꼭 지키고 싶다면 소수를 위해 다수를 죽이는 놈들과 싸워서 이기면 돼, 나처럼!

"아저씨는 어떻게 그 소수를 죽여 왔는데요?"

—싸가지 없는 헤지펀드 쳐내고, 작전주 털어먹는 사모펀드 재끼고! 그러면서 살았지, 뭐.

"와, 자뻑!"

—…자뻑이라니, 마!

"그런데 그게 돈이 되긴 하나요?"

—돈이 되냐고? 엄청나게 되지! 헤지펀드 하나만 벗겨 먹어도 얼마인데?

"아!"

—하지만 그 경지까지 도달하려면 생각보다 오랜 시간과 노력이 필요해. 당연하지만 막대한 자금과 시장의 신뢰도 필요하고.

"갈 길이 머네요? 만약 내가 그렇게 되고자 한다면……."

—멀지. 하지만 불가능하지는 않아. 내가 있잖냐!

모든 것이 차상식의 자뻑으로 들렸지만, 아주 불가능한

얘기는 아니었다.

출근도장을 찍은 한결은 자리를 정돈하고 오늘 업무를 시작하려 했다.

한데 그의 자리로 투자본부장과 두 명의 부장이 성큼성큼 다가왔다.

"한결이!"

"상무님! 아, 부장님들도! 안녕하십니까?!"

"안녕이라니, 이 사람아!"

"…예? 무슨 일이라도 있으십니까?"

임 상무는 한결의 어깨를 두 손으로 잡더니 아주 호탕하게 웃었다.

"대박이야, 대박! 으하하! 대박이 터졌다고!"

"대박이라니요?"

"동남아시아로 스마트폰, 노트북, 태블릿PC가 미친 듯이 팔려 나가고 있단 말이야! 얼마 전에 우리가 투자한 첨단소재 있잖냐. 그게 지금 35%나 올랐다고!"

"헉!"

한결의 예상을 완전히 빗나간 엄청난 가격상승이었다.

사실 투자를 제안했던 본인조차도 전혀 상상하지 못한 가격폭등이었다.

"그동안 얼어붙어 있던 반도체시장에 활기가 돌기 시작한다는군! 알지? 요즘 동남아시아 시장이 얼마나 무서운지!"

"잘 알지요! 그럼 투자금액 대비 35%의 마진을 보고 계속 파는 겁니까?"

"일단은 그렇다는 거고."

"일단은?"

"랠리가 이것으로 끝이라는 법이 어디 있나? 조금씩, 길게, 시장의 변화에 맞춰서 최장 3개월간 지속적으로 수익을 추적해 나가려 하고 있어."

그야말로 엄청난 수익이 아닐 수 없었다.

오 부장은 한결의 어깨를 툭툭 치며 장난스럽게 웃었다.

"우리 한결이, 아주 대박 맞았어! 응?! 도대체 성과급이 얼마야?"

"…성과급이라니요?"

"몰랐어? 자네가 지금까지 성공시킨 프로젝트들 말이야. 조만간 성과급으로 지급될 거야. 그것도 아주 빵빵하게!"

생각지도 못한 대박이 터졌다.

§ § §

IX인터내셔널은 단 2개월 만에 투자금 대비 48%라는 엄청난 수익을 거두면서 무역투자 부문에서 업계 3위라는 엄청난 실적을 거머쥐게 되었다.

그 중심에 서 있는 한결에게는 그야말로 스포트라이트가

쏟아지기 시작했다.

"자네가 신한결 사원인가?"

"네, 전무님!"

"앞으로 자네에 대한 기대가 커."

"감사합니다! 앞으로도 열심히 하겠습니다!"

"그래, 그래 주시게."

나이가 지긋한 회사의 중역인 전무이사 이태벽은 한결에게 우수사원 표창과 함께 금일봉, 보너스, 성과급을 지급했다.

한결이 받은 보너스의 총액은 무려 3,800만 원에 달했다.

─이걸로 옵션투자하면 되겠다. 이야! 진짜 제대로 한 건 했네?

'아저씨 덕분이죠, 뭐.'

─…우리 그러지 말자. 너무 훈훈한 분위기는 좀 그렇지 않냐?

'하긴 그렇긴 하네. 그럼 다 내 덕! 큭큭!'

─그건 아니고, 이 푼수야.

성과급을 받고 표창장까지 받으니 그야말로 기분이 날아갈 것 같았다.

자리로 돌아와 앉으려는데 누군가 사무실 앞을 지키고 서 있었다.

바로 수출금융통계팀 김치혁 대리였다.

"김 대리?"

"과장님, 죄송합니다. 제가… 정말 죽을 죄를 지었습니다!"

얼마 전에 한결이 프로젝트에서 이름을 빼 버렸던 김 대리가 한결을 찾아온 것이다.

그는 한결에게 손이 발이 되도록 빌었다.

"두 번 다시 똑같은 실수를 반복하는 일은 없을 겁니다. 정말입니다!"

"거참, 그러게 사람이 평소에 잘했어야죠."

"…한 번만 봐주신다면 절대, 두 번 다시는 이런 무례는 없을 것입니다. 정말입니다!"

한결이 차상식에게서 배운 처세술 중 하나는 '배신은 습관'이라는 것이었다.

-쯧쯧, 그러게 평소에 좀 착하게 살지. 어떻게 처리할 거냐? 저대로 보내 버릴 거야?

'노예로 삼아야죠.'

-큭큭! 이제야 좀 마인드가 제대로 돌아가네!

배신은 습관이지만, 요주의 인물을 손에서 놔 주면 언젠가는 또다시 뒤통수를 치게 될 것이 분명하다.

친구는 가까이, 적은 더욱 가까이 두라는 옛 격언이 괜히 있는 게 아니다.

한결은 김치혁을 곁에 두고 부려 먹기로 했다.

"뭐, 좋아요. 앞으로 한번 지켜보겠어요."

"감사합니다!"

"앞으로 내가 보고서 작성 지시하면 빠릿빠릿하게 움직이세요."

"물론입니다!"

"좋아요. 가 보세요."

"그럼 다음 프로젝트에는……."

"하는 거 봐서."

"넵!"

군기가 바짝 들었다.

이 정도면 스펙업 없이도 잘 길들였다는 생각이 든다.

§ § §

하루 일과를 마치고 집으로 돌아가는 길.

한결은 옵션계약을 체결하기 위해 MTS를 켰다.

[선물옵션]

[종목 : 옥수수 선물]

[매입 가격 : 500센트(US/C)]

[프리미엄 : 20센트]

[거래승수 : 50]

[개수 : 100]

[총액 : 25,000달러(US/D)]

[매도자 : 퓨처 인베스트먼트]

옥수수 선물 가격은 1부셸(약 27kg)당 4.54달러이다.

현재 이 포지션에서 매입이 가능한 옵션의 가격은 5달러이며, 한결이 생각했을 때 가장 합리적인 상품이었다.

계약 하나에 필요한 가격은 250달러이며, 한결은 100계약을 맺어 총 25,000달러를 투자했다.

이제부터 차상식의 교육이 시작되었다.

-자, 상황이 이렇다고 치자고. 보통 콜옵션은 가격이 상승할 것 같을 때 사잖냐. 그치? 일반인들은 어느 때 빠져나가고, 어느 때 들어오는지 한번 지켜보자고.

"그런데 리스크 헤지를 위해 옵션을 사는 거잖아요? 일반인이 굳이 콜옵션 프리미엄까지 줘 가면서 사야 하는 이유가 있어요?"

-뭐, 이유야 많지. 사업을 하는 사람들도 있을 것이고, 투자를 하는 사람들도 있을 것이고.

"어… 음!"

-그래, 말 잘했다. 이제부터 차트가 움직이는 걸 잘 봐. 월가의 소식지를 챙겨 보면서 말이지. 사람들이 과연 왜 옵

션에 투자하는지 알 수 있게 될 거다.

"그게 이번 수업의 목적인가요?"

-그렇다고 볼 수 있지. 보통은 언제 사람들이 치고 빠지는지 알아야, 그리고 언제 옵션을 쓰는지 알아야 조금 더 넓은 시야로 옵션을 운영할 수 있어. 내가 옵션은 뭐라고 했지?

"방어전술 혹은 공격전술이요."

-그래, 잘 아네. 그럼 이젠 그걸 머릿속에 잘 새겨 넣은 상태에서 공부하라고.

"알겠어요. 이제부터 집중해야겠네!"

-그나저나 3천이나 되는 돈을 집어넣었는데, 넌 긴장도 안 되냐?

"공부하는데 긴장하면서 공부하는 사람도 있어요?"

-이 옵션이라는 게 잘못하면 리스크가 거의 무한이거든. 그래도 괜찮아?

한결은 피식 웃었다.

"그렇게 말도 안 되게 떨어질 것 같았으면 아저씨가 투자를 하라고 하지도 않았겠죠."

-쯧! 머리 좀 돌아가는데?

"저도 바보는 아니니까요."

드디어 둘 사이에도 약간의 신뢰감이라는 것이 생기기 시작했다.

§ § §

며칠 뒤, FRM 시험이 치러졌다.

관악구의 시험장에서 걸어 나오는 한결의 표정이 아주
홀가분해 보인다.

-레벨 1, 2를 동시에 패스하다니, 사람들이 깜짝 놀라겠
는데?

"국제 재무위험관리사를 따면 이제 향후 전망은 어떻게
되는 거예요?"

-글쎄, 그야 너 하기에 달린 거 아니겠냐?

한결은 국제 재무위험관리사 레벨 1, 2를 동시에 응시했
다.

워낙 응시자격이 프리한 데다 1차, 2차를 동시에 응시하
는 것도 가능했기에 그냥 한 번에 해결을 해 버린 것이었다.

-아무튼, 축하해야 할 일 아니냐? 맨땅에 헤딩해서 여기
까지 온 거면 보통 일이 아니거든.

"그야 아저씨가 도와준 덕분이고요."

-뭐… 아예 틀린 얘기는 아니다만…. 그게 도와준다고
되는 게 아닌데?

한결은 시험장을 나와 지하철을 타고 집으로 향했다.

지하철을 타고 이동하는 동안 MTS 내부에 있는 옵션투
자 커뮤니티의 댓글을 확인해 보았다.

[뭐냐, 이거. 옥수수 가격이 점점 떨어져?]

[아직 손절 라인까진 아닌데, 그래도 청산해야 할까
봐…. 와, 진짜 여기서 털어내야 한다는 게 너무 아쉽네!]

시황은 분명 옥수수의 가격이 올라가야 정상이었다.

현재로선 달러화의 가치가 연일 상승장을 기록하고 있으
며 원유 가격 자체도 많이 내려가서 산업지수가 소폭 상승
하는 모습을 보였기 때문이다.

하지만 옥수수의 가격은 계속 하락세였다.

"현재 가격 411센트네요? 이러다간 400센트 바닥이 깨
지겠는데요?"

-자, 이제부터 야수의 심장이 필요한 시점이 된 거다.
끝까지 가지고 갈 것인가, 아니면 여기서 청산하고 손절할
것인가?

"흠! 여기서 손절하는 사람이 나온다면 도대체 리스크
계산은 왜 하고, 포지션 사이즈는 왜 만드는 걸까요?"

한결은 지금 이 시점에서 옵션을 청산한다는 것 자체를
이해하지 못했다.

아직 저마다 정해 놓은 청산한계점이 있을 텐데, 거기까
지도 못 버티고 고작 몇 퍼센트 떨어졌다고 옵션을 포기한
다는 것이 이상했다.

-세상에는 계산만으로는 안 되는 게 있어. 바로 투자심리.

"아하, 마인드셋!"

―예를 들어, 청산지점이 −12%라고 치면 사실상 그 중간까지도 못 가는 사람들이 수두룩해. 왜? 주식도 아니고 옵션시장에서 하락장에서 잘못 물리면 인상 나락가는 건 한순간이거든. 하지만 거기서 버티는 사람들이 있지. 우리는 그 사람들을 보고 '야수의 심장'을 가졌다고 하는 거야.

"투자에서 평정심보다 중요한 건 없겠군요."

―자, 그럼 여기서 문제 나간다. 만약 네가 어떠한 세력과 주식시장에서 공방전을 주고받고 있다고 한다면, 과연 이 옵션이라는 것을 어떻게 사용할 것 같냐?

한결은 방금 전 FRM 시험을 보고 나온 사람답게 리스크를 이용하는 방법에 대해 역설했다.

"아무래도 상대의 심리를 흔들기 위해서 옵션을 사용하겠죠. 그놈들도 리스크라는 게 뭔지는 알 테니까. 주식을 고점으로 끌어올리기 위한 자금수혈과 동시에 콜옵션으로 힘을 실어 줄 것 같은데요?"

―그러다가 놈들이 풋옵션으로 너를 압박한다면?

"둘 중 하나겠죠? 내가 죽거나, 놈들이 죽거나."

차상식은 피식 웃으며 말했다.

―자, 이제 알겠냐? 남을 사냥할 때엔 과연 어떻게 옵션을 사용해야 하는지. 물론 심화과정이 앞으로도 많이 남아 있지만, 이것만은 잊지 마. 옵션은 최고의 방어수단이자 공

격수단이라는 거.

"그럼 GP로 일하거나 LP로 일할 때도 이런 식으로 행동해야 하는 건가요?"

—절대 아니지, 인마! GP나 LP는 보수적이어야 해. 그 사람들은 포지션 사이징이고 뭐고 없어, 올인 투자를 해야 하는 사람들이니까. 모든 것을 반대로 생각해. 다수를 이끄는 사람은 보수적이고, 소수와 함께 싸우는 사람은 야성적이라고.

"뭔가 심오하네요."

—그나저나 이 돈들 청산되면 뭐 할 거냐? 차나 한 대 뽑을 거야?

한결은 고개를 가로저었다.

"빚부터 갚아야죠."

§ § §

한동안 회사를 떠나 있던 기획팀이 다시 복귀했다.

지금까지 대기발령 상태로 처분을 기다리다가 극적으로 기획팀에 합류하게 된 것이었다.

다만, 복귀를 받아들인 사람은 한 명뿐이었다.

"…결국, 혼자만 복귀하게 된 건가?"

부팀장 이명선은 끈질기고도 기나긴 대기발령을 버티면

서 복귀를 기다렸으나 다른 팀원들은 그게 아닌 모양이었다.

이 불황에 다들 어딜 그렇게 이직을 하러 갔는지, 참으로 이해가 되지 않기도 했다.

그녀는 다소 황량해 보이는 사무실에서 아직도 2개월 전 모습 그대로인 자신의 자리로 갔다.

"깔끔하네?"

자리에는 먼지 한 톨 찾아볼 수 없을 정도로 깨끗하고 잘 정리되어 있었다.

누군가 애착을 갖고 사무실을 쓸고 닦지 않았으면 절대로 유지할 수 없었을 것이다.

이명선은 짐을 풀고 천천히 자리를 정돈했다.

차분히 자리를 정돈하다 보니 그동안 팀이 어떻게 돌아갔는지 문득 궁금해졌다.

컴퓨터를 켜고 사내 SNS에 접속해서 상황부터 살폈다.

[⋯2/4분기 매출상승률 : 317%]
[기획팀 보너스 총수령액 : 5,613만 원]

순간 이명선은 자신의 눈을 의심했다.

"이게 말이 되는 건가? 매출상승이 317%에 보너스 5천이면, 혼자서 팀 실적을 다 올렸다는 거잖아?!"

수치는 거짓말을 하지 않는다. 고로 이것은 진실이었다.

바로 그때, 사무실 문 쪽에서 인기척이 들렸다.

똑똑.

이명선은 자리에서 일어나 사무실 문을 열었다.

"어? 부팀장!"

"허 과장님?"

"이야, 이게 얼마 만이야? 이번에 복귀한다는 얘기는 들었는데."

"그러게요. 오랜만이네요."

"그… 신 과장은 어디 갔나?"

"신 과장이요? 아, 여기 팀장이요? 글쎄요, 잘 모르겠는데."

"…그래? 쩝, 그럼 어쩔 수 없지. 나중에 또 보자고."

"무슨 일이신데 그래요?"

"아… 뭐, 별거 아니야."

이명선은 고개를 갸웃거리며 다시 자리로 돌아갔다.

하지만 그녀는 자리에 채 앉지도 못하고 다시 누군가를 맞이해야 했다.

똑똑.

이번에는 옆 부서 조영진 대리였다.

"어, 이 대리! 오랜만이야? 과장님 계셔?"

"아니? 나 혼자야."

"음, 그래? 알겠어. 이따가 봐!"

조영진 대리는 과장만 찾더니 이내 훌쩍 가 버렸다.

그 이후로도 세 시간 동안 무려 열다섯 명이나 되는 사람들이 사무실을 찾아와서는 과장의 이름을 부르짖었다.

그녀는 하도 지겨워서 도대체 왜 이러는 건지 사람들에게 물었다.

"도대체 그놈의 신 과장은 왜 이렇게 찾는 건데요?"

"자네 못 들었어?"

"뭘요?"

"신 과장이 손만 대면 그냥 대박이 뻥뻥 터졌잖아. 그래서 다들 아이디어 하나 얻어 보겠다고 줄을 서는 거고!"

"아… 그런 거였어요?"

세상에 도대체 얼마나 능력이 좋으면 사방팔방에서 직급도 안 가리고 숟가락 얹겠다고 달려드는 것인지 모르겠다.

언뜻 듣기로는 스펙이 모자라서 무시를 받았다고 했는데, 그것도 아닌 모양이었다.

'능력이 진짜 끝내주게 좋은 건가?'

만약 이런 능력에 스펙까지 얹어지면 도대체 어떻게 되는 것인가 싶었다.

제12장
완벽한 스펙

인도 원유계약이 거의 다 마무리되어 갈 때쯤, 한결은 CPA 2차 시험에 응시했다.

1차 시험 합격자 통보를 받은 지 2개월 만이었다.

-2차 시험까지 끝났네?

'어땠어요?'

-큭큭, 비밀인데?

'웃는 거 보니까 잘 봤나 보네.'

-…인마, 좀 속아 주는 척이라도 하면 어디 덧나냐?

'아! 좀 알려 줘요! 궁금해 죽겠네! 이렇게요?'

-됐어, 인마.

키득거리며 시험장을 나선 한결은 곧바로 버스터미널로 향했다.

연차를 내고 시험에 응시했기에 휴일이나 마찬가지였다.

한결은 오랜만에 본가로 내려가 볼 생각이다.

"용인 한 장이요!"

귀신은 차비가 안 드니 이상하게 공짜 같아서 기분이 묘하다.

—집에는 언제 가고 안 갔어?

"취직하고 처음인가? 아마 그럴걸요?"

—어머니가 반찬을 보내 주시는데 왜, 한 번도 안 갔어?

"원래 회사가 바쁘면 다 그렇죠, 뭐."

—이래서 자식새끼 키워 봤자 소용없다는 거구나. 난 자식을 안 낳길 잘했다, 야!

"…안 그래도 찔리니까 그만하시죠?"

—큭큭!

"그나저나 아저씨는 가족관계가 어떻게 돼요?"

차상식은 별 대수롭지 않다는 듯이 답했다.

—없어. 그나마 한 명 있었는데, 헤어졌지.

"…없다고요?"

—응, 없어. 고아 출신이거든.

"아!"

—뭐, 그리 곤란해할 필요 없어. 이 세상에 사연 하나쯤 없는 사람은 없는 법이잖냐.

"그야말로 입지전적인 사람이었네요. 몰랐어요."

-그나마 다행이지. 이놈의 대갈통마저도 나빴다면 공사장에서 삽질이나 하다가 인생 종 쳐도 이상할 것 없는 팔자 아니냐.

　어쩐지 사람이 좀 톡톡 쏘는 게 뭔가 사연이 있는 건 아닌가 싶었는데, 이런 기구한 사연이 있는 줄은 몰랐다.

　그런 한결에게 차상식은 이것저것 물어보았다.

　-부모님은 어디 아픈 데 없어?

　"글쎄요, 원체 말이 없으셔서. 하지만 적어도 내가 알기론 없어요."

　-있을 때 잘해라. 이 꼴이 되어 보니 알겠어. 이게 말이야, 후회는 사람이 뭘 어떻게 해서 되는 문제가 아닌 것 같더라고. 너도 후회할 일 만들지 않게 잘해.

　"…알겠어요."

　말투나 생긴 것은 절대 그럴 것 같지 않은데, 차상식은 의외로 인간적인 면이 많은 사람이었다.

　한결이 차상식을 신뢰하기로 한 것은 아마 이런 면 때문이었을 것이다.

　잠시 후, 용인 버스터미널에 도착했다.

　-인마, 모처럼 내려왔으니까 좋은 거라도 하나 사 가.

　"좋은 거? 삼겹살?"

　-그 새끼, 참 인색하네. 꽃등심!

　한결은 쓰게 웃으며 고개를 가로저었다.

"우리 엄마는 꽃등심 사 가면 돈으로 바꿀 거예요. 굳이 비싼 거 찾아 먹는 스타일이 아니라서요."

–그래도 오랜만에 내려왔는데, 삼겹살이 뭐냐?

"뭐… 이따 보면 알게 될걸요?"

–아니면 뭐, 내려가는 길에 대출상환 상담이라도 좀 받아 보든가.

"아, 그르네! 그게 있었네!"

§ § §

날씨가 가장 따뜻한 오후 3시쯤, 한결의 부모님이 평생을 일해서 마련한 24평 아파트에는 지글지글 삼겹살 굽는 소리가 울려 퍼졌다.

"크흐! 소주맛 좋다! 한결아, 한 잔 받아!"

화통한 성격의 한결의 부친 신익수는 아들에게 술잔을 내밀다.

그러자 모친 박경례가 손을 탁, 쳤다.

"이 양반이, 술은 무슨 술! 안 돼! 한결이 내일 출근해야 해!"

"아니, 한 잔인데, 그것도 안 돼?"

"안 된다면 안 돼!"

"거참, 쩨쩨하긴!"

한결은 환갑이 가까워서도 여전히 티격태격하는 부모님을 보며 실소를 흘렸다.

　"이러다가 아흔이 되어서도 싸우겠네. 두 분은 언제까지 싸울 거예요?"

　"몰라! 저 인간 좀 네가 어떻게 하든가! 아주 지겨워 죽겠어!"

　신익수는 씁쓸한 표정으로 술을 넘겼다.

　꿀꺽!

　그리곤 다시 술병을 잡자 어머니 박경례가 또 버럭 화를 낸다.

　"왜, 술을 혼자 따르고 혼자 마셔? 홀애비야?"

　"그럼 한잔 따라주든가."

　"나 참, 달라고 진즉 말을 하든가! 자, 한잔 받아. 안주도 좀 먹고! 이 인간아! 속 버려! 으이그, 입에는 뭘 또 이렇게 묻혀 놨어? 이리와 봐!"

　잔소리 폭탄을 쏟아내는 것은 아마도 남편에 대한 애정이 있기에 그런 것이리라, 차상식은 그리 생각했다.

　―단란한 가정이네.

　'어려서부터 이런 분위기였어요. 그래서 이게 단란한 건지는 잘 모르겠는데.'

　―맞지. 이게 사람 사는 맛 아니겠냐….

　어쩐지 차상식의 눈에 약간의 회한 같은 것이 스치는 것 같았다.

　―아참, 그거 드려! 얼른!

　'아, 맞아!'

　한결은 주머니에서 은행의 중도상환요청서를 꺼내 보여
주었다.

　"아버지! 은행에 전화 좀 해 줘요, 문 닫기 전에 얼른!"

　"응? 은행은 왜?"

　"아, 얼른요!"

　아버지는 도대체 무슨 영문인지도 모른 채 일단 전화부
터 걸었다.

　―네, 태산은행 대출상환 부서입니다. 성함이 어떻게 되
시죠?

　"…대출상환이요."

　이게 뭔가 싶어서 아들을 바라보는 아버지를 대신해서
한결이 전화기에 대고 말했다.

　"아! 우리 아버지 대출상환 좀 하려고요!"

　―아, 그러시구나! 성함이 신익수 님 맞나요?

　"네!"

　―아버님, 아드님께서 아까 낮에 은행창구에서 중도상환
상담을 받으셨네요. 대출금 2억 3천만 원 전액 상환 맞죠?

　아버지는 이게 무슨 소리인가 싶어 전화를 끊으려고 했
지만, 아들이 그 손을 잡았다.

"제가 투자에 좀 성공했어요. 일단 가상계좌부터 받아요, 얼른!"

"…뭐?"

─상환하시는 건가요?

"네! 해 주세요!"

─알겠습니다. 가상계좌 보내 드리겠습니다. 그럼 저희 태산은행 계속 이용해 주시기 바랍니다. 감사합니다!

이윽고 전화가 끊어졌다.

그러자 한결의 등짝에 모친의 손바닥이 단숨에 날아와 붙었다.

짝!

"아야! 왜 때려?!"

"이놈아, 중도상환은 무슨! 네가 돈이 어디 있다고!"

"아들 돈 많아. 지금 당장 보여 드려?"

"…뭐?"

한결은 어제 주식을 일부 팔아서 마련한 돈 2억 3천만 원의 잔고를 어머니께 보여 드렸다.

"자, 보이죠? 2억 3천! 그리고 선물옵션에 3천, 주식에 잔액 3억 넘게 있고."

"어머, 이게 뭐야?"

"내가 요즘 죽여주는 사부님을 만나서 투자를 배우고 있거든요? 덕분에 CPA도 다시 시작했고, 회사에서도 인정받아서 과장으로 승진했고. 뭐, 아무튼 그래요."

"이게 도대체 어떻게 된 일이래?"

당연하게도 부모님 입장에서는 아들이 빚을 갚아 준 것이 대견하고 안쓰러우면서도, 이 상황이 도대체 어떻게 된 것인지 이해하기 힘들었다.

한결은 부모님의 손을 꼭 잡았다.

"엄마, 아버지! 이 아들이 앞으로 돈 많이 벌어서 효도할 테니까 조금만 기다리셔! 알겠죠?"

"…아니, 이놈아! 이 애비는 지금 이게 무슨 소리인지 하나도 모르겠다!"

"그냥 아들이 적당히 출세했다고 생각하시면 돼요. 알겠죠?"

"아이고…."

아들에게만큼은 더 나은 미래를 열어 주겠다 했던 마음이 사회의 거친 풍파 앞에 무너져 내렸을 때, 그 상처가 오죽했을까?

한결의 부모님은 한동안 고개를 들지 못했다.

아들은 그런 부모님께 외쳤다.

"자자! 빚 갚았고, 이 아파트도 이제 우리 집이고! 그러니 이제 걱정 말고 편하게 일하면서 지내세요! 아이고, 좋다!"

"으이그, 이놈아…."

부모님은 그저 그런 아들이 대견하면서도 미안한 마음뿐
이었다.

한결은 부모님이 자랑스러워하도록 위해 더욱 크게 성공
하고 싶어졌다.

'이딴 아파트, 내가 지어도 될 정도로 많이 벌어야겠어
요.'

ㅡ이제야 돈 욕심이 좀 나는 거냐?

'적어도 부모님이 남한테 아쉬운 소리는 하지 않도록 해
드려야죠.'

ㅡ그래, 그거면 됐다.

어쩐지 차상식의 표정도 아까보다는 훨씬 밝아진 것 같
은 느낌이 든다.

그러자 한결은 자신의 감각이 이전보다 훨씬 예리해짐을
느낀다.

'어… 어쩐지 조만간 귀인이 나타날 것 같은 느낌이 드
는데?'

ㅡ또 다른 여왕벌?!

'그건 모르죠. 하지만 귀인이 확실해요. 그런 감이 팍 오
네요!'

기분도 좋고, 감도 좋다.

오늘이야말로 근래 들어 가장 좋은 날이 아닌가 싶다.

§ § §

시간은 흘러서 어느새 여름이 되었다.

한결의 업무는 그야말로 승승장구, 주변에서 밀려드는 숟가락을 쳐내느라 바쁠 지경이었다.

딩동!

한창 기획안을 작성하던 한결의 귓가로 이메일이 도착했다는 알람이 울렸다.

[발신자 : GARP…]

"어?"

–왔다! 합격증!

FRM은 하도 피싱 사기가 많아서 공식 이메일로 따로 합격통보를 해 준다.

한결은 GARP에서 보낸 이메일을 확인했다.

[…당신의 성공적인 리스크 관리 매니지먼트의 생활을 응원합니다…]

"진짜로 합격했네?!"

–거봐, 인마, FRM도 별거 아니라고 했지?

"허… 내가 진짜… 하…….."

―올해는 아마 연봉협상이 빡셀 거다. 네가 아니라 저쪽에서 말이야.

재무위험관리사는 시험난이도가 어려운 만큼 대접도 남달랐다.

아마 회사에서 한결을 붙잡기 위해 꽤나 많은 공을 들여야 할 것이다.

한결이 FRM에 붙었다는 소문이 생각보다 빠르게 사내에 퍼지기 시작했다.

굳이 본인이 얘기한 것도 아닌데 도대체 어디서 어떻게 알아낸 것인지, 여기저기 사람들이 그의 자격을 알아보기 시작한 것이었다.

"한결이! 자네 FRM 땄어? 이야, 어떻게 된 거야?! 응?!"

가장 많이 흥분하는 사람은 역시 임 상무였다.

그는 한결을 자신의 잠정 오른팔로 생각하고 있기에 한결의 스펙업을 자신의 일처럼 기뻐했다.

"그냥 틈틈이 공부했는데, 운이 좋았습니다."

"그게 운으로 될 일이야? 아무튼, 축하해!"

스펙을 올려놨으니 적어도 그를 무시할 사람은 아마 없을 것이다.

차상식은 마치 이때를 기다렸다는 듯, 진지한 표정으로

말했다.

　ㅡ알아서 적당히 소문도 퍼졌겠다, 이제 슬슬 합을 맞출 때가 된 것 같은데?

　'합이라니요?'

　ㅡ제니스 캐피털 말이야.

　'아! 그래, 제니스 캐피털! 그동안 잠깐 잊고 있었네요?'

　ㅡ마침 시기도 딱 좋아. 반도체시장 회복으로 투자시장에도 활기가 돌기 시작했을 거거든.

　'그런데 무슨 합을 맞춰요? 그쪽에는 이미 투자는 받고 있잖아요?'

　ㅡ뭘 모르는 소리! 죽어 가는 회사를 살리는 건 투자회사 혼자서 할 수 있는 일이 아니야. 언제 어디서나 파트너가 필요한 법이지.

　지금까지 투자업무를 진행하면서 쌓은 노하우를 유감없이 풀어낼 수 있는 곳이라면 앞으로 그에게 아주 큰 도움이 될 것이다.

　ㅡ그나저나 이제 슬슬 포지션 청산할 때가 되었는데?

　'그거요? 일주일 뒤에 청산이잖아요.'

　ㅡ흐흐! 이게 또 뚜껑을 열어 보는 맛이 있지! 야, 팝콘 좀 거하게 튀겨 놔라!

　'…먹지도 못하는 팝콘은 왜 저렇게 찾는지 모르겠네.'

　ㅡ귀신도 팝콘 먹을 권리는 있잖아?

'먹을 수 있다면 권리야 있겠죠.'

−아무튼 간에 어떤 쪽으로든 청산이 되면 다음 수업으로 넘어가 보자고.

'다음 수업은 뭔데요?'

−장외투자.

'장외? 주식 장외시장 말이에요?'

−그래, 어쩌면 네가 배워야 할 가장 핵심 스킬인지도 모르지.

§ § §

인도와 인도네시아의 투자금 최종 결제일이 다가왔다.

한결은 당당하게 국제 FRM 자격증을 들고 제니스 캐피털을 찾아갔다.

로한나 쿠스버트는 흥미롭다는 듯 한결을 쳐다보았다.

"정말로 따 왔네요? 설마하니 이런 걸로 사기를 칠 리는 없고."

"약속을 지키게 되어서 정말 기쁩니다!"

"음! 좋아요. 그럼 이젠 내가 약속을 지킬 차례가 되었네요. 박 실장?"

로한나의 부름에 로버트 박은 결제 관련 서류에 서명을 넣었다.

이제부터 제니스 캐피털은 한결을 GP로 한 공식적인 LP 출자를 시작하게 된 것이다.

"한화 1,200억. 우리가 투자할 규모입니다."

"절대 실망시키지 않겠습니다!"

"앞으로 우리와 자주 소통해야 할 겁니다. 줄리아나 킴이라고, 알죠?"

"몇 번 본 적 있습니다."

"긴밀하게 협조하면서 지내도록 하세요."

"네!"

드디어 한결은 제대로 투자기획자 생활을 시작할 수 있게 되었다.

-또 영전하겠네?

'일이 잘 풀리니 좀 살 것 같네요!'

-야, 내 덕분에 이렇게 되었으니 부탁 하나 들어줘!

'아… 또 이상한 거 시키려고!'

-이상해도, 뭐? 신세 진 건 맞잖아.

'…끄응! 또 뭔데요?'

-로한나에게 파트너가 된 기념으로 원하는 게 있다면서 운을 떼 봐.

'엉? 그게 뭔데요?'

-나에게 꼭 필요한 거야. 얼른!

한결은 일단 차상식이 시키는 대로 로한나에게 운을 뗐다.

"저… 대표님께 이런 말씀을 드리긴 좀 그렇습니다만, 파트너가 된 기념으로 부탁 하나만 드려도 되겠습니까?"

"음! 뭐, 나도 당신을 시험한 전과가 있으니 부탁이 있다면 하나는 들어줄게요. 뭔데요?"

-검찰 측에서 가지고 있었던 인트펀드 투자금 관리장부를 좀 달라고 해 봐.

순간 한결은 고개를 갸웃거릴 수밖에는 없었다. 엉뚱하게도 로한나에게서 인트펀드의 자료를 달라고 하다니 말이다.

하지만 차상식은 진심이었다.

-부탁하마~.

'아니, 그걸 왜……'

-아이고, 산 사람 소원도 들어준다는데! 죽은 사람 소원을 안 들어주네~. 그러면 나 또 아프다!

까딱 잘못해서 저세상으로 떠날 뻔했던 것을 생각하면 아직도 눈앞이 캄캄하다.

한결은 어쩔 수 없이 백기를 들었다.

'…아이, 씨! 진짜! 할게요! 하면 되잖아요!'

시시각각으로 변하는 한결의 표정을 바라보며 로한나도 고개를 갸웃거렸다.

"어디 아파요?"

"아니요, 그게 아니고……."

"응? 뭔데 그래요?"

"대표님! 사실은 제가 고 차상식 회장의 제자입니다!"

"아?!"

"솔직히 지금까지 인트펀드에 대한 의구심이 가득했는데도 제대로 된 조사 한번 못 했었습니다. 스승님께서 말씀하시길, 쿠스버트 대표가 스승님의 전처라고 하셨고, 스승님께 들었던 바에 의하면 대표님께선 아마도 검찰 측에서 가지고 있었던 투자금 수급자료를 확보하셨을 것이라 생각하기에 혹여 가지고 계신다면 한번 봤으면 합니다."

다소 궁색한 변명이지만 지금으로선 어쩔 도리가 없었다.

차상식이 갑자기 왜 이런 미친 짓을 하는 것인지 알 수는 없으나, 한결은 한번 한 말은 반드시 지키는 성격이다.

게다가 상대방을 이해시키기 위해서 스토리를 약간 각색했지만, 한결이 차상식의 제자인 것은 사실이니 거짓이라고 할 수도 없었다.

로한나는 그제야 모든 퍼즐이 맞춰졌다는 듯 납득하는 표정이 되었다.

"…그럴 줄 알았어요. 꽃에 샤넬 넘버5를 뿌리는 사람이 어디 있어요? 그리고 그 빨간 머리핀, 그에 대한 스토리를 아는 사람은 오직 그 사람뿐이라고요!"

어느새 로한나의 눈에는 이슬이 맺혔다.

순간 한결은 이 두 사람 사이에는 세간에서는 모르는 뭔가 깊은 사연이 숨겨져 있을 것이라고 확신하게 되었다.

로한나는 사무실 금고를 열어서 깊숙한 곳에 두었던 두툼한 장부를 꺼내 주었다.

"이거예요. 그 사람이 말한 장부. 원래는 혐의 해명에 도움이 될까 해서 그이에게 전달하려 했는데 심장발작으로 사망하면서 무산되었죠."

"…안타까운 일이었네요."

"그나저나 그 사람이랑은 어디서 만났어요?"

슬쩍 묻는 눈빛 한편에는 날카로움이 담긴 것이 아직은 100% 한결을 신뢰하는 것은 아닌 모양이다.

－낚시터. 대전 죽방 낚시터! 계족산 근처에 있는 거!

한결은 차상식의 말에 따라 순발력 있게 대처했다.

"대전에 죽방 낚시터라고, 거기서 처음 만났습니다. 계족산 근처에 있죠."

"…기억나네요. 계룡산도 아니고 계족산은 또 어디 있는 거냐고 내가 그랬었는데."

"아무튼, 그런 인연으로 투자를 배웠습니다. 보고서 작성 요령도 그때 배웠고요. 당시에 배운 것을 나름대로 심화하면서 공부하고 있습니다."

순간 그녀의 눈에서 한 방울의 눈물이 흘러내렸다.

죽은 남편의 그림자가 한결에게서 보이기라도 하는 모양

이었다.

"자주… 만나 줄 수 있죠?"

"네, 물론입니다!"

"그나저나… 당신은 어떻게 생각해요?"

"어떤 것을 말입니까?"

"폰지사기, 그 사람이 사기를 쳤다는 혐의에 대해서 어떻게 생각하시나요?"

한결은 당연하다는 듯, 고개를 가로저었다.

"그럴 리 없잖습니까?"

"어째서?"

"사실 뭐… 스승님 성격이 좀 괴팍하긴 하죠. 사람도 잘 골려 먹고."

너무나도 사실적인 묘사에 로한나는 그만 울다가 웃음이 터져 버렸다.

"호호! 그렇죠. 그 사람이 좀 그런 면이 있기는 해요."

"하지만 사람을 가르칠 때 보면 진심이 나옵니다. 시장을 대하는 태도도 남다르고요."

"……"

"제가 개미들 뒤통수를 치는 쓰레기들과는 다른, 올바른 투자자가 되고 싶다고 말했더니 이렇게 말씀하시더군요. '네 신념을 꼭 지키고 싶다면 소수를 위해 다수를 죽이는 놈들과 싸워서 이기면 돼'라고요."

"흡! …흐읍!!"

로한나는 이내 숨죽여 통곡하기 시작했다.

직접 옆에서 겪어 보지 못했다면 절대 모를, 그의 히스토리까지 알고 있는 사람을 만나니 고인에 대한 그리움이 끓어오른 것이다.

"…너무 보고 싶네요."

"그… 제가 자주 들러서 스승님의 얘기를 해 드리겠습니다. 그것으로 괜찮으시다면 그분께 받은 은혜를 조금이나마 갚고 싶네요."

"고마워요…."

어쩌면 차상식의 유일한 가족이기에 한결은 더 마음이 쓰였다.

§ § §

집으로 돌아와 장부를 살피며 한결은 혀를 찼다.

장부는 그야말로 완벽 그 자체였지만, 알 수 없는 위화감으로 가득했다.

"투자금이 유입된 것도, 그 투자금이 해외로 빠져나가서 투자비율 8%를 맞춰 놓은 것도 다 기록이 되어 있네요. 심지어 투자자들에게 다달이 수익금을 지급한 것도 맞는데… 이게 다 사기라는 거잖아요?"

—투자금 유입, 수익금 지불까지만 맞아. 나머지는 다 가짜고.

"…이게 가능한 일인가 싶어요. 회계법인에서 분명 외부 감사를 했을 텐데."

—외부감사…. 그래, 그것 때문에 내가 범인으로 몰린 거였거든. 내가 말했지? 나도 모르는 사이에 회계법인이 HMN에 깊숙이 침투했었다고.

"그럼 이 장부가 가짜란 말인가요?"

—장부는 진짜야. 근데 그게 더 문제야. 장부도 진짜고, 돈이 운용된 것도 진짜거든? 그런데 거기 나온 자산운용사고 투자금융사고 전부 다 가짜야. 죄다 페이퍼컴퍼니였다고!

"…아니, 그럼 이 장부에 적힌 자금출납을 근거로 검찰이 제대로 조사했으면 끝났을 일이잖아요. 그런데 왜 검찰에서 이 사건을 덮은 건데요?"

—그게 의문이라서 로한나가 이 장부를 탈취한 거잖냐. 모르긴 몰라도 로한나도 목숨을 건 행동이었을걸.

"장부의 부재가 수면 위로 드러나지 않은 것은 검찰이 처음부터 장부의 존재를 은폐하고 있었기 때문이고요?"

—그런 셈이지.

"와!"

—장부에는 투자금을 어떻게 횡령하는지, 그 과정에 대해

아주 자세히 나와 있어. 하지만 문제는 내가 그 감사회계 장부에 서명을 했다는 것이고, 펀드가 폭발할 때까지도 눈치를 못 채고 있었다는 점이겠지.

"…이게 검찰에 들어갔어도 문제였겠네요."

–맞아. 지금 검찰이 조사를 하려고 해도 내가 무죄라는 것도, 저 자금들이 어디로 증발했다는 증거도 없어. 없어진 회사를 도대체 무슨 수로 찾겠어?

모든 것이 신기루처럼 사라져 버렸다.

만약 이 장부에 적힌 내용이 모두 사실이고 차상식이 무고했다면, 그는 창자가 끊어지는 고통을 받았을 게 분명했다.

"그게 다 진실이었다면… 도대체 어떻게 견딘 거예요?"

–그래서 죽었잖냐, 심장발작으로.

"…이건 뭐라 할 말이 없을 정도네요."

–아무튼, 감상이 어때? 이래도 HMN의 한용진이가 영웅으로 보이냐?

한결은 고민했다.

만약 차상식의 말이 전부 사실이고 한용진이 악인이라면, 대한민국은 여전히 폰지사기가 존재하는 가운데 통화유출이 진행되고 있지 않을까?

생각이 거기까지 닿자 판을 뒤집을 방법이 존재할 것이라는 확신이 들었다.

"그럼 만약에 저 장부에 나온 관계회사들의 뒤를 밟아서 현금흐름만 정확하게 밝혀내도 아저씨는 덤터기를 벗는 거네요?"

─이론상으로야 그렇지. 하지만 그걸 누가 믿어 주겠냐고.

"죽은 자는 말이 없죠. 하지만 아저씨는 나를 통해 세상과 소통할 수 있어요. 나를 통해서 세상이 아저씨를 믿어 주도록 만들면 되잖아요?"

순간 차상식의 눈동자가 희망과 열정으로 물들기 시작했다.

한결은 그의 두 눈을 바라보며 말했다.

"단순히 가르치는 게 아니라 나를 소통의 창으로 쓰라는 거죠. 이를테면 렌트?"

─호오?

"대신 렌트비는 내세요. 내가 아저씨의 억울함을 풀어 주는 조건으로 HMN에 아저씨의 정보통까지 얹어서 먹겠습니다."

─…너를 통해 한용진에게서 HMN을 되찾는다?

"그 대가로 아저씨가 지금까지 쌓아 온 기반을 전부 내가 물려받는 거죠."

강탈과 강탈의 역사, HMN은 약육강식의 굴레에 빠져들게 될 것이었다.

하지만 차상식은 무척이나 기꺼웠다!

－으하하하! 그래, 먹어라! HMN을 아주 폭파하고 싶은 마음이 굴뚝같은데, 네가 먹어 준다면? 나야 오히려 땡큐지!

"그리고 조건이 하나 더 있어요."

－조건? 뭔데, 얘기해 봐!

"내가 최단기간에 아저씨의 경지까지 올라갈 수 있도록 빡세게 굴려 줘요."

－오호! 버스를 타 보시겠다?

"불가능해요?"

차상식은 피식 웃으며 답했다.

－안전벨트 꽉 매 인마. 이 아저씨의 버스는 졸라 빠르거든!

§　§　§

한결을 정상으로 밀어 올리기 위한 차상식의 버스가 달리기 시작했다.

그 첫 정류장은 다름 아닌 장외시장이었다.

대기업 주식부터 중소기업 주식까지, 장외시장에 나온 주식들은 상당히 많았다.

－지금까지 네가 배운 게 기본소양을 쌓기 위한 튜토리얼

이었다면, 지금부터는 본 게임이라고 보면 돼.

'빡세겠는데요?'

-내가 너의 고속성장을 위한 첫 수업을 장외시장으로 결정한 이유는 단순해. 우리가 나아가려는 방향은 보통 GP의 업무를 하는 LBO투자전문 사모펀드잖아? 거기에 맞는 지식을 쌓으려는 거지.

'LBO면, 레버리지 바이아웃 말인가요?'

-그래, 내가 미국시장에서 배우고 한국시장에서 대박을 터뜨리기 시작한 투자방식이지.

LBO란, 투자금융을 지원받아 성장 가능성이 높은 회사에 투자해서 인수한다거나 경영에 직접 개입해서 기업 가치를 높이는 투자방식을 말한다.

차상식의 역설은 이 영역에 진입하여 투자를 하기 위해서는 엄청나게 복잡하고도 전문적인 지식이 필요하다는 것이었다.

-쉽지 않은 영역이지. 하지만 그만큼 매력이 있는 게 바로 장외주식이고 바이아웃이야.

'으음….'

-뭐, 아무튼 간에 앞으로 회사를 분석할 때 필요한 세 가지를 알려 주마. 첫 번째는 매출의 증가야.

한결은 지하철에 앉아서 차상식의 말을 정성스럽게 메모했다.

'매출의 증가…. 장사가 잘되어야 투자가치가 있다는 거네요?'

—매출증가가 중요한 건 너무나도 당연한 얘기이지만, 사람들은 투자를 할 때에 주당 수익률이라든지 너무 수치에만 집착하는 경향이 있어. 그래서 매출상승을 등한시하는 경우가 종종 있다는 거야.

'아하! 메모!'

—그리고 두 번째, 상품 가격의 변동성이 적은 것.

한결은 고개를 갸웃거렸다.

'물가상승에 영향을 안 받는다는 건가요?'

—그게 아니라 주변에서 가격경쟁을 하든 말든 신경 쓸 필요 없이 자신만의 고유 가치를 가진 상품을 주력으로 가지고 있다는 뜻이야.

'아하! 품질경영을 해서 확고한 브랜드를 가지고 있느냐?'

—역시, 개떡같이 말해도 찰떡같이 알아듣는군.

'하지만 그걸 판가름한다는 게 쉽지는 않겠네요?'

—그래서 시장을 보는 눈을 길러야 한다는 거지. 그리고 마지막 세 번째. 이게 제일 중요해. 단계적인 성장이 그려지는 기업.

'단계적인 성장이라…….'

—화무십일홍(花無十日紅)이라고 했다. 달이 차면 기울

듯이, 기업도 성장세와 하락세의 사이클이 있어. 아무리 대쪽 같은 기업도 금융위기로 한 방에 무너질 수도 있고, 아무리 작은 기업이라도 디폴트에서도 살아남을 수 있지. 우리는 이런 걸 잘 봐야 한다는 거야.

'…엄청 어렵겠는데요?'

–하지만 LBO가 제대로 터지면 100배 수익은 아무것도 아니야.

'아!'

–진짜 돈을 벌고 싶다면 남에게 투자하는 것이 아니라 남이 내게 투자하게 만들어야 하는 거야.

순간 한결은 머리에서 폭죽이 터지는 느낌이 들었다.

–이제 곧 선물옵션이 만기지? 청산금이 나오면 본격적인 장외투자를 한번 해볼까?

『투자의 귀신』 2권에서 계속